我的爷爷奶奶

芳 芳◎著

中国文联出版社
http://www.clapnet.cn

图书在版编目(CIP)数据

我的爷爷奶奶 / 芳芳著.--北京：中国文联出版社，
2020.8 ISBN 978-7-5190-4324-7

I.①我… II.①芳… III.①随笔—作品集—中国
—当代IV.①1267.1

中国版本图书馆CIP数据核字(2020)第138095号

我的爷爷奶奶

作　　者：芳芳

终 审 人：奚耀华　　　　　　　复 审 人：曹艺凡
责任编辑：邓友女　　　　　　　责任校对：刘巍巍
封面设计：赵永梅　　　　　　　责任印制：陈晨

出版发行：中国文联出版社
地　　址：北京市朝阳区农展馆南里10号，100125
电　　话：010-85923078(咨询)85923000(编务)85923020(邮购)
传　　真：010-85923000(总编室),010-85923020(发行部)
网　　址：http://w.clapnet.cn http://ww.claplus.cn
E-mail：clapgclapnet.cn　　　dengyn@clapnet.cn

印　　刷：天津旭丰源印刷有限公司
装　　订：天津旭丰源印刷有限公司
本书如有破损、缺页、装订错误，请与本社联系调换

开　　本：880×1230　　　　　　1/32
字　　数：108千字　　　　　　　印张：3.625
版　　次：2018年1月第1版　　　印次：2023年3月第2次印刷
书　　号：ISBN 978-7-5190-4324-7
定　　价：32.00元

序　言

　　孩提时代，个子矮。大树是看不见仰头的距离，小草是弯下腰抚摸的距离，毛毛狗（一种植物的叫法）拔下来编成一条，戴在头上，状似花环，游走在田埂的我，庄稼被风吹得呼呼作响，路边的小草也自在地随风摇曳。处在高高的蓝天下，感知自己与宇宙中的生灵共存，静静地在阳光下听那岁月如梭的穿行。

　　爷爷奶奶，是最初给我认知的人，是和我一起度过幸福童年、陪伴我长大的人。是爷爷奶奶掀开了我的时代，他们和父母给了我一个温馨快乐的未嫁时光。

　　很早就想写写我的爷爷奶奶。他们确实是小人物，爷爷干着并不显赫的活计，奶奶裹着小脚不识几个字，但是他们为人处事的观念、做法深深地影响着我们，是他们给了我对世界最初的看法和想法。

　　父母对爷爷奶奶尊敬爱护，那个大家庭让我懂规矩但又不失温暖。结了婚，有了孩子，我也在一点一点成长，做人媳，做人妇，做人长，做人母。人生诸多第一次，边学习边成长，在旅途中我也遇到更多的老师，参悟着别人的人生，修正自己的行为。

身边发生了好多事，我对人生也有了许多感悟，喜欢那时候奶奶静静地坐着，深邃平和的目光望向远方。现在想来那是阅尽繁华，岁月的给予。

当身边的"告别"成为一股上升的势力时，你才发现自己人到中年的恐慌。送别亲人，没了来处，自己瞬间就像变形金刚一样膨胀起来。直到这时对"担子"这个词才有了深刻的体会，也深刻地体会到了世事无常，对于"生死"我竟然有了从未有过的无所畏惧，因为畏惧也不能改变命运之神的掌控，"但行好事、莫问前程"好像才是最好的状态。想到不知何时的告别，我预留下了"我的告别"，当那一刻来临，就会少一些遗憾。

日子向前，人生待续。爷爷奶奶、父亲母亲留下了他们的一脉血缘，书写着或平淡或多彩的故事，但有一点那是肯定的，我对世界最初的想法和看法决定了我未来的方向。

目　录

我
的
爷
爷
奶
奶

我的爷爷奶奶

我的爷爷奶奶

你们是我童年的陪伴，是我成长路上的向导，有了你们，我享用了无忧、快乐的童年。是你们和父母给了我们三代同堂、四代同堂的家，也是你们教导我贤良淳厚、努力坚强，教导我看世界的触角和与世人相处的奥妙。

我记忆中关于爷爷教吹打、也叫教"家伙"这一段时光，首先想到的是大大的金黄的柿子，其次是徒弟来了，奶奶铺床的背影，还有奶奶炒的喷香的南瓜子铺在青石板上晾凉的情景。

每当剧院（旧称大礼堂）里有上党戏演出的时候，家里总会有人提前送票，这时爱看戏的妈就抱上我去看，因为座位近，当时我又年龄小，戏里的奸臣出来大吼一声，每次脊梁骨都凉一下，还有化了浓妆的男角晃来晃去很是可怕，最喜欢的是打扮俊美的姑娘咿咿呀呀我会看得入神。看一会儿，睡一会儿，散场了我基本也睡够了，看看后边过道上挤满的人，优越感油然而生，因为这也是爷爷教家伙带给家里的一项福利，如同那黄灿灿的大柿子。想想还是柿子好，瞬间又没了劲，又想那个小伙子从沁水来，那么远还拿柿子也太辛苦了，唉，什么时候

又送柿子呢？（现在交通发达，以前最高级是自行车，也有走路来的，再拿东西，路途遥远，不过奶奶的一粥一饭想必早已暖了他们的心。）

爷爷的学徒里有大阳的，每次大阳的云旺大伯来都带碱面（煮上发酵又筋道的面条），家里大哥二哥办喜事、我奶奶八十多去世都有大伯带来的碱面招待亲朋，奶奶出殡的时候，云旺大伯给搭的棚、请的礼教先生，那时云旺大伯也已头发花白，估计现在如果在世，也白发苍苍了。直到爷爷去世，我们两家才断了走动，在我看来，还是师徒间非常圆满的情分吧，一朝为徒，一世为徒。

完则是爷爷的大徒弟，曾经是爷爷乐队里的主角，人长得高大，办事也干脆利索。奶奶去世出殡时，家里并没有给爷爷的徒弟们下布（农村风俗，有亲人不在，通知你时扯尺白布，俗称"下布"）。可爷爷的徒弟们一来，非要争着披麻戴孝，已老去的大伯们穿着白衣，随着礼教先生一跪一拜间，多少情谊、多少温暖我们都能感受到。

爷爷的徒弟很多也很亲，只记得大哥、二哥结婚时，打家伙的队伍一组一组比赛，俗称"打对"。别的人家办事请乐队，我家办事不出钱反而搭台比赛，唱念做打中，台下评论声、爆发的叫好声、掌声，声声入耳，一派热闹景象。家中支了灶，面煮了一锅又一锅，没剩下的。打完比赛，户外的活动在乡亲们的不舍中结束了，家里的活动还在继续，一干人这一伙、那一伙的在点评谁家好、谁家今天要脱了、谁家这个地方真是出彩、哪个二胡赶不上呀……一拨一伙，评论着这场比赛，像一场综艺秀，其实听他们说比看还有意思，就像现在的综艺秀，点评甚至比表演还好看。我记得坐在大灶旁，脸被映得通红，身体打着哆嗦，仍然谈意甚浓，这时我妈会出来让我睡觉去，我总是磨蹭着想听听。

在农村迎娶新娘，一件大事就是拦家伙（乐队）。好像谁娶亲，谁谁谁家伙拦得来不了，新人进不了门，主家虽有一丝恼却乐呵呵的。那时大哥娶大嫂时，从村外进来，一会儿一拦，一会儿一挡，乐队吹完刚走几步又被拦下，大嫂骑的马被乐队声、人声给惊了，冲散了。这边厢，新人来不了，爸妈急得不行，又是让人传话又是递烟，说还要在台上打对呢，不用拦了，赶时间。就这样推推搡搡才进的门。

到我结婚时，爷爷奶奶都是八十多的老人了，还是有两班家伙来凑热闹。社会在进步，相较以前，如今的师徒情谊慢慢被岁月以及家伙形式冲淡，唱歌已成了乐队的主打，吹打倒不显得那么亮眼了，但是在不从事这行业的几十年里，不管岁月如何变迁，知道奶奶爷爷出殡仍有人捧场，实属不易。当时没想过这个问题，随着年龄的增长，我也一直在思考并体味其中的缘故。

二哥是爷爷一手带出来的全能把式。二哥练的是童子功，小时候对着西北风站到山上去吹唢呐，后来每次去办事，二哥那脆脆的唢呐声响起，配上那俊朗的脸庞，曾让多少女孩眼热，那喝彩的瞬间，我想二哥会认为之前的付出是值得的。他从小练功的态度也练就了他认真耐心的习惯，干一件事，他会力求完美不怕麻烦。后来，玩摩托车还玩出个吉尼斯世界纪录，我想这与爷爷对他练功严格要求养成的好习惯有关。

大哥是家中的长子，勤于读书，因为家庭影响加上爷爷要求，他会拉二胡，后又接触了吉他、唱片。在爷爷最能赚钱的时候他正好赶上，所以家里有名著，有最早的《读者》，有各种各样的杂志、小说。他是把西式文化、古代名著引进我家的人，每当他在家，一进胡同，远远地就能听到邓丽君的靡靡之音。那时我一回家、一放假就可以享受精神盛宴了，听听音乐，看看小说，触摸到了最早的译本小说，拜读了好多知名大作。直到今天，我仍然感激那个时光，让我汲取营养，让我坚强，让我成熟，因为我交到了"书"这个朋友。家里早早添置的电视，让我的少年时代资讯并不缺乏，主持人大赛、87版的电视剧《红楼梦》等等，那是我梦开始的地方。大哥最喜欢看电子杂志，我也看不懂。大哥的三大件，自行车、手表、录音机在高中时就有了，后来大哥又买了唱片机、彩电等都是他跟爸上班经商以后赚到的，也算高起点但自食其力，其实追根溯源，还是我的爷爷带来的。

爷爷年轻时办事我没多大印象，只是听别人提起过，噙铡刀等花样层出不穷，那时嘴里最多噙九把铡刀，不敢想，那哪是表演，那简直是豁出命来干，那是对打家伙的一份痴迷，获得满堂彩的同时，也造就了爷爷的炙手可热。那时，老有敲门的，远的、近的来邀去打家伙。出门到外，一说是黑人的孙女，大部分都认识。

爷爷那时候是"揽头"，揽上事，爷爷把徒弟们和会干家伙的一召集、一分配。但是也有好几个事碰到一天的，人家一说，爷爷就再没办法也想办法，每在这个时候，爷爷的帅才体现无疑，合适的地方（岗位）放上合适的人，合理的分配，每个事都能圆圆满满办下来。听二哥说有一次只有三个人，硬是凑上各路人马，一人多职给办下来了。

爷爷办事时，发现一场演出中，有人错了，一个指头示意一下，他们马上调整过来，从来都要给人留个面子，这样好多不是爷爷徒弟的慢慢也加入到了爷爷的队伍中；相较于本地一个打家伙的，错了，马上请出，乐队一停，被说的人脸红脖子粗，在乡亲们面前丢了面子，现在想起来，于管理于做人，颇值得玩味。

爷爷在南五县都办事，慢慢爷爷的徒弟们看到这行不错也教会了子孙办事，他们或组队一起办或自己拉队伍，慢慢随着爷爷年龄增大，队伍越来越多，办的事才少起来。

还有一件事也使爷爷办的事少了，那是有次和二哥出去办事，晚上回来天太黑摔了一跤，爷爷有点流鼻血，爷爷用纸塞住堵住鼻血，办罢事回来，第二天鼻血一直就止不住，请了村里的、县里的大夫看了都没办法，后来一个爱读书的村人给了一偏方，酸菜豆腐不放盐用瓦罐熬了喝上，爷爷的鼻血才算止住。就那次爷爷流鼻血事件，爷爷的政协委员身份才被我发觉。小小年纪的我只能体会到家庭带来的或浓或淡的人情，其他尚不能体会。不过对于后来长大后的人情走动以及对人对事的宠辱不惊，我想或许都源于自己少年时代的见识吧，让没上过大学的我还算有一份淡然。

爷爷干着家伙，奶奶也不闲着，养猪养鸡。二哥是一个勤劳又爱管闲事的人，家里的好多活因大哥上学上班，二哥和奶奶、妈妈就全部担下来了。后来二哥娶了媳妇，奶奶渐渐也干不动了，家里的活由母亲主力承担。爷爷老了，爸爸最初学医，后来又经了商，工作在商业局，二哥也就随着经了商。说到经商，儿时的我还清晰地记得那次争吵。那是我从小到大的记忆中，爸爸和爷爷吵得最凶的一次（我家里不是因为孩子问题，是听不到吵架声的）。那天晚上，爸爸从城里回来，谈到二哥，爷爷坚持让二哥干办事这行，爸爸坚持让经商。话里话外，我能听出来，"办事是串百家门吃百家饭"，爸爸在说行道的低下，现在有这个条件（那时是八十年代）为什么不让他上班呢？爷爷很是生气，大声说话，但爷爷也清楚，那时能跟上爸爸去当工人也是一个不错的选择，只不过从小就被他训下的二哥，在办事方面样样精通，一旦二哥去上班，这个手艺也就失传了，几代人传下来在他的手里没了传承，那种痛是必然的。

争吵一通后，二哥还是跟爸上班去了，不过自小功课不扎实，没有老艺人那把钳子捏着，虽然生意顺风顺水，但还是觉得缺了点什么。后来二哥赌博，输掉了钱，信任以及婚姻。我想痛定思痛后，一把唢呐，一曲音乐，会让他觉得快乐和充实的，那毕竟是从小的伴奏带。

到现在，我们家人都喜欢看综艺节目，也爱谈论，二哥尤甚，我想是那个时代留下的痕迹。

爷爷那时候是小锅饭，在家里，奶奶总为爷爷做点好吃的，这也许是对家里地位高的人的一种特殊待遇吧。不过爷爷确实值得尊重，我奶奶家的大事小事爷爷总是尽心竭力，从来没听爷爷奶奶因这拌过嘴，不像现在的年轻人，你的、我的纠缠不清甚至弄到离婚，走到奶奶的娘家，都叫爷爷老姑父，我想爷爷也曾师从姑父，心里的那份念想才有了后来爷爷的行为吧。爷爷不仅是一名艺人，更是一位大家长。到了我小姨出殡，爷爷奶奶早都不在了，哭丧队伍经过，他们还会说这是人家米山这一家，话音当中那份尊敬还在。

爷爷是一个不识多少字的人，奶奶也没受过什么教育，但他们留下太多让我思考的东西。爷爷做事的专注、全力以赴，对待亲人之间的帮扶，奶奶待人宽厚、仁慈，办事识大体，勤劳俭朴的品质以及对亲友的支持让他们夫唱妇随、家族和谐。现在我们这一代，书籍、资讯，各种教育培训，名目繁多，真正的素养、传承又会有多少？妈妈和奶奶的相处也给我做了榜样，对待公婆，对待亲人、朋友，皆是如此。有时想，是一种什么样的情谊，师徒之间，一个无权无势的老人，一份并不入流的活计，他们却有几十年的走动；又是一种什么样的亲情，让我们这个大家族那么抱团。现在想来是他们的所作所为、他们的人格魅力征服了家族的人。

如果说家庭像一个磁场，奶奶绝对是那个核心，吸引着我们家庭的每一个人，甚至家族的每一个人。

童年的记忆里，奶奶带着我去拾铁，去田里劳作，踮着脚尖，提着猪食，一勺勺地喂猪，等闲下来还要磨磨豆腐。为了生活得更好，为了这个家庭努力奋斗。在家族里该用钱的时候，奶奶又毫不吝啬，得体大方。

在夏日的树荫里，爷爷、奶奶和我静静地呆在青石板上，那种陪伴至今温暖，聊往事，谈人生，天长日久的浸染，渐渐我变得大度起来，也会爱心爆棚，奶奶就是我的启蒙老师。现在还时常想起奶奶的金句：不用怕吃亏，亏（坛的方言发音）里有馒馒（方言读"麻麻"）；宁要心宽，不要屋宽；力气该用用，使了再来；宁要公平，打个颠倒；天长地长，不是一响……当有人夸奖我孝敬公婆、不怕吃苦等优良品质的时候，我都会想起奶奶。

奶奶平素爱干净，夏天每天都会拿个脸盆弄湿毛巾擦身子；

苹果树下，绿荫枝杈，藏着我童年的美好回忆，也记载了我们一家奋斗前行的痕迹。和我合影的是我叔叔（爷爷捡来的叔叔，和我们没有血缘却没有吵过架、争执过的叔叔），这是家里存的唯一的一张老照片，记载着老家的旧貌。

奶奶爱时髦,妈妈给奶奶做的褂子小细条黑金丝穿在奶奶瘦小、匀称的身子上,让门口的老太太艳羡不已;奶奶赶得上时兴,时兴健力宝的时候喝健力宝,时兴摩托车,风驰电掣的摩托车上,二哥载着八十多的奶奶也是一景;偶尔喝点小酒,会拿根筷子蘸上让幼年的我尝尝。

在静谧的午后,奶奶会在炕上盘着腿静静地呆着,眼睛望向前方,我一进去,听到声响,一回头,她充满睿智的双眼笑眯眯看过来。写到这似乎看到奶奶看着我静等似水流年。

午夜梦回,梦中院里的苹果树下,枝叶繁茂,大树伸展着腰肢挡着烈日,一伙打家伙的人在排着节目,奶奶颠着小脚去倒开水,其势隆隆,其乐融融。梦里的奶奶还是会给一碗饭到要饭人手里,还是会给院邻留碗汤面,干净明朗的奶奶、运筹帷幄的爷爷拿着鼓板书写着他们的年代。

爷爷那个时代是精彩的,爷爷有奶奶的那个时代精致又精彩。我们一家四代同堂的日子温馨又热闹。

我生孩子了,奶奶已八十多,妈妈要上班,奶奶坚持去伺候了我一个月的月子。

哥嫂也随着年岁的长大,各自成家分成了好几个小家,离开了小院。

回到那个院子里,当年的温馨热闹只剩下静谧的阳光和寂寞的花朵,开在风中,随风抖动,孤独而美丽,想念爷爷奶奶。

后记:

随着社会的发展,人们的欣赏水平以及层次在发生改变。爷爷的徒弟们和后人大多已改行,听说大徒弟韩完则的儿子、孙子都干的这,力求精彩的作风或有留存。如果爷爷的徒弟们还在世,在此,我希望他们的生活幸福、身体健康、老来有福,这是爷爷奶奶希望的。机缘巧合，说不定被奶奶当干儿子待的徒子徒孙们还会见面，谁知道会有一段什么故事呢。

爷爷奶奶的待人处事，持家贤良、乐于助人的家风一直感染着我，偶有翻得《传家必读》，我想这也是劝诫世人的一本好书，不敢独享，附本赠送。

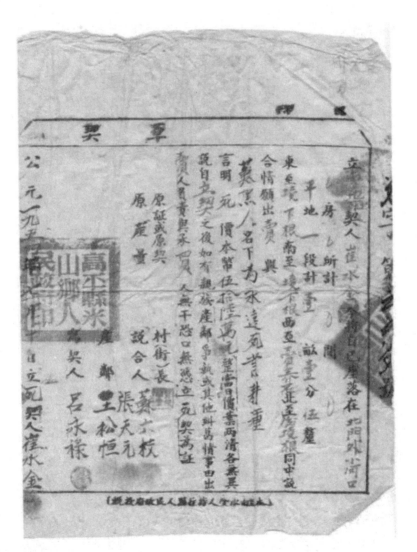

我的爷爷奶奶

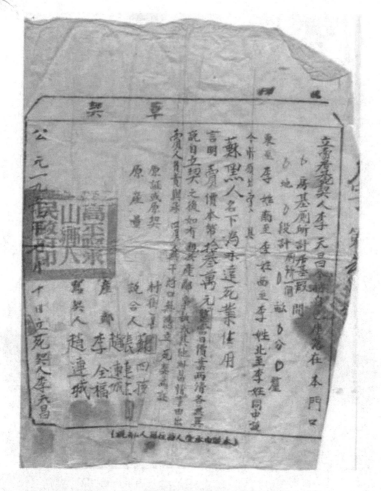

家里有厚厚的一摞房契，基本全是死契。我妈说这不是咱们的，你奶奶不要。至于缘由，也跟着他们永远埋葬在黄土中了。但直到爷爷奶奶去世，又直到我妈这一辈，我们还是住在一个大院子里，三家一院，四世同堂，随着年岁长大，也已成了几个小家，其他两家早已不住了，两个哥哥也相继搬走，只剩我爸妈还留在老院子。

深深的庭院，锁着我儿时温情的记忆。

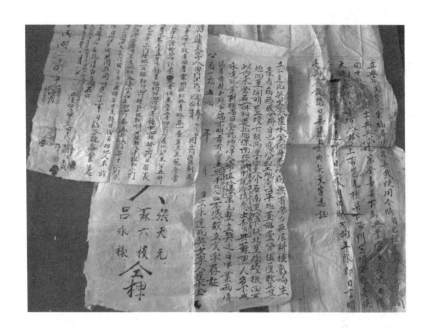

爷爷口述

一

我属蛇，生于1917年。祖上为高平和陵川搭界的拥万乡平头村人，从我往上数至少已在高平米山生活四代了，迁徙原因不详，我家的老房子就是曾祖父留下的。祖上世代以吹打为业，叫红衣行，从我往上至少干了有三四代了，每代都是好把式。

我的祖父苏大驴（享年近八十）、父亲苏根孩（约1889—1913）、兄长苏白孩（1911—1944）在本地吹打技艺极高，十分有名。

我没有念过书，没有钱，也没时间念书。七岁上便跟上哥哥和亲戚们跑办事去了，跟上人家拍镲赶大（dài）号，给了算点，不给也挣口饭吃。干这一行，说是"吃蒸馍没馏，穿衣服没袖，动弹不是棚口就是门口"。

干吹打得学艺，不学艺过不了板（拍子），艺道学不尽，吹打三天不改样、不重复，才叫把式。学吹打要有恒心、有志气，我要干什么就要干成，要么不干。从小练得功大，长大了功就下不了了。我没有正式拜过师，主要是跟上兄长白孩、姑夫李连喜学的艺，姑夫也是红衣行，在戏班打鼓板。

苏黑人（仁），我爷爷，他是老一辈搞吹打的艺人。爷爷在世时，有作家寻访到老家，留下来爷爷的口述还有一些照片。现在由我整理出来，既是爷爷的生平，也是一笔财富。

冬天练功下功夫，在寒冷天气里练功，冻得手疼，不敢暖一下子。我不看戏、不赶会，有空就到城墙上练吹，吹唢呐吹得我嘴唇茧皮有多厚，我能一直吹它三天，可现在的人吹两钟头就出气。练打鼓先是插上火柱，用筷子敲火柱那个圪蛋头，要闭住眼睛都能敲准，练得我把裤膝都打烂了。

我十一岁上正式干开，没有人就由我顶，有把式了我让开。我十七上就成了好把式，挑大梁。为了多揽点大号，我哥让我单独领上一伙人和他分开干，我也成了揽头，我们表（结算的意思）了多少钱都交给母亲。

我们年轻时好结拜烧香把友、换帖弟兄。年轻人都要好，说到一处了，就结拜把兄弟，也是为了多学点艺道，办事互相帮忙。结拜时烧烧香，有时还磕磕头。我十七八岁时结拜过弟兄五个，老大是马村康营的陈红顺，老二是野川乡洞上的王印门，老三是牛庄的有才，老四是我，老五是米山的本家苏艺伙，老大、老二和我水平差不多。后来我又结拜过二三回，都是在二十来岁上。有一次是弟兄仨，我是老大，团池的五保是老二，城区龙渠的臭儿是老三。我的把友都是红衣行的人。

二

相传红衣行是由八音会演变过来的。八音会只娱乐不办红白事，不挣钱，八音会挣开钱就恶了，成了红衣行。在吹打行道里，分粗乐和细乐，红衣行用粗乐，龟家用细乐，粗乐、细乐同属鼓乐。

龟家的行头是头戴龙眉，上边绣条龙，身穿氅；红衣行穿红布褂子，红布开了口，前边一片，后边一片，无袖。最初仅有红、白两种颜色，不绣花，后来变得和龟家的氅差不多了，也绣花，有了多种颜色，也可以叫氅，办红事用红褂，做寿用红、黄褂，办白事迎孝子用白褂，过周年迎家人则用蓝褂，迎礼教先生、点主官可用红或黄褂。红衣行最初不戴帽，后来也戴，是布的，系在头上，上边是虎头，和龙眉差不多，也可以叫龙眉，只有黄色一种。龟家有时候插翎子，红衣行不插。

龟家的班主叫科头，红衣行的班头叫揽头。粗乐、细乐是两圪截，粗乐定的调高，细乐定的调低；粗乐不用管，细乐用管；粗乐用大唢呐，细乐用小唢呐；二者各有些专有曲目，比如办红事，粗乐吹《加官封相》，细乐吹《太平鼓》，办白事粗乐是《八仙》，细乐是《哀耻鼓》。最初规矩很大，如果主家单请了红衣行，根据主家要求，红衣行可以吹粗乐也可以吹细乐；如果单请了龟家，也是如此。粗细不见面不要紧，但在粗细乐碰到一起打对时就要各干各的，绝对不能乱，粗乐先办，细乐后办；坐场时的位置，粗乐在上首，细乐在下首，行进中的位置，粗乐在前，细乐在后。白事要由礼教先生引上开祭，讲究三酒三转三献戏三奉经，唱三回礼，吹三回戏，念三回经。粗乐只能迎酒，吹《大开门》，细乐只能迎转，吹《全精备》。三酒三转之后，各吹三回戏，共六回。礼教先生喊"上香"，随即锣声"当"的一响，粗乐开吹；主礼先生喊"跪"，锣声一响，细乐开吹。他们吹的戏一样，不分粗、细乐，各人亮各人的本事，你吹这个，他吹那个，或者他偏偏还吹你吹过的那个，这就是粗细打对。当然也有粗乐之间的打对，细乐之间的打对。在有些地方，红衣行只办红事，但在没有龟家的地方，红衣行也得办白事。

粗乐和细乐谁的水平高，说不定，各人是各人的本事。

粗细乐一起打大号，吃饭先是红衣行，之后管账的最后才叫龟家吃。别人对红衣行比龟家高看一档，龟家不能坐席，只能蹲着吃，表账时龟家只能蹲着不能站着和账房说话，对红衣行则无此限制（整理者注：据对其他人的调查，在这一点上，红衣行与龟家无异）。

正月间，龟家要装扮成魁星、小鬼、财神在自己伺候的坡场上扎凶、打开市，讲点吉利话进了院就念"小鬼进门来，带进财神来，财神老爷坐得高，八个回回来进宝，两个进的真珍珠，两个进的是元宝……"，到了店铺门口则喊"金字招牌，挂在门外，门外兴旺，四季发财"，都是这类话，凭这挣点钱、馍。红衣行则无此类活动，只给本家族的长辈拜年，若有当官的、有钱的要敬老爷，叫去吹戏也去。

红衣行常跟上剧团去打神戏，龟家不打。

我小时候见过龟家办杂戏（出丧事时办），还有敬神时在小舞台上演的《猴儿托鹊》，仅四五个人演，穿的行头不同于鼕，是男角武戏，帽子上还插一根鸡翎，红衣行不办这类戏。

我的爷爷奶奶

就我所知，高平县城喉音祠、城关凤和村、河西镇苏庄、陈区镇浩庄、建宁乡、裴泉乡、北诗乡南诗午村和沙壁村、原村乡小城村都有过龟家。

高平县城、城关龙渠、寺庄镇、团池乡、建宁乡、米山镇、拥万乡丹水、牛庄乡、马村镇康营、野川乡杨村和洞上等地有过红衣行。

我同晋城、陵川、长子、长治、潞城、屯留、沁县等地的行道都共过事。

三

红衣行敬奉乐音大师。乐音大师好乐，喜欢为人服务，不贪钱。我家有过乐音大师的像，一尺高，坐姿，穿衣戴帽，手持一物，不凶，文像，就摆在正屋中堂左下首的桌子，不在木头匣子里，初一、十五、四月初八给老爷烧香，男人在家男人烧香，男人不在女人烧香。过去米山瘟神洞里也塑有乐音大师的像，两米高，每年四月初八高平的红衣行就聚会在瘟神洞，前后三天，祭祖师，女人不去。我跟上老爹、叔叔去看过，最后一次去是十五岁（约1931年），我记得要给祖师上贡品，素食无荤，贡上三杯酒、放炮，行头烧香，一烧香就开音乐，先是轻音乐，不动大家伙，然后是重音乐，一伙一伙比赛，不行的靠边站，共办三天。每个人还要烧上黄裱纸，在祖师面前许愿"让我当个好把式，我给你好好烧香""让我十六岁上能出了马，我好好敬你"。这三天，全体会餐，花销来自每家的行钱。后来中断了，乐音大师的像也毁了，没人管这些事了。

过去红衣行和龟家各有各的行头。红衣行最后一个行头叫常晋福，家住城关，不识字，技术过硬，人品不错，他1961年去世。行头不欺负底下人，也没有其权利，他负责向揽头收行钱，组织敬乐音大师，让这一行有个组织性。解放后就不再提行头了，高平县选我当政协委员，大概我就和行头一样吧。

过去我们办的大号，除了红白喜事，还伺候过祝寿、作周年，规模大的也要打对。

新中国成立前，吹打少，大号多，有时我们一天跑三家，利用办红白喜事或头家迎、二家娶需要用音乐的不同时间差，安排好时间，或者把一个班子分两班用，反正接了人家的事就不敢误了。干吹打总比要饭的强些，去大户人家办事，穿的不好人家不让进，人手不够，弄上几个不是行道的人，让他穿上我们的衣服，有了这块招牌就不管他把式如何了。他跟上拍个镲，混个生活，办一两回下来，他就高兴了，有事叫上我。行道之间联系密切，缺把式了，就去旁处叫，看主家用什么把式，要好唱家，我找晋城高都的老七，他是红衣行；要好拉家，找寺庄镇贾村的水土、原支，他们都是红衣行，住戏班，冬天没事了办大号，吹、打的把式不用找，别人都不如我。

办完大号表账，就是表工钱；表完账临走时才给盘缠钱，揽头对账房说："××把式好，送俩盘缠钱。"账房给个小意思，没有标准，这和唱戏的一样。

过去我们这一行要尽两种义务。一是每逢坡场上的老爷过生日，要去打三天吹台，这件事风雨不误，误了什么也不敢误这个，否则坡场就丢了。打吹台由社头负责，社头交给揽头去办，如果是细乐的坡场就由细乐来办，只用一班家伙，不打对。我除了在我家的坡场上打吹台外，石末的揽头叫我去龙王山打过吹台，牛庄的揽头叫我去子台山打过吹台。先吹后唱，我们打罢吹台，剧团才能唱大戏，吹打水平高了，能让唱戏的开不了戏。

另一种义务是支官。我支过的官差是祭风，米山北朱庄有风筒庙，内有风筒老爷，是个坐像，下边是个石龙头，龙嘴吸三天，吹三天，再吸三天，再吹三天，如此循环不断，轮到吸气时，把手巾放到龙嘴处就吸进去了，真是个怪事。民国时代，当了县长，要来风筒庙祭风，用粗、细乐两截，细乐是由喉音祠细乐的行头负责，粗乐是我们的行人，粗细乐两班，班上来个人，不打对，进村音乐响上，出村。县长跟在音乐后面，县长烧香磕头，咱也跟上磕，只办一天。我们打吹台穿红褂，祭风穿红、黄褂。

过去，有庙会就有神戏，打神戏是剧团的职业，剧团人手不够了也叫我们去，我们打家伙，剧团唱，没有人唱时，我也穿袍戴帽上台唱。神戏很短，比如一种《小三出》，一个人先道白：神仙出洞来，遍地黄花开，猛听驿鼓响，露出三仙来。三个人就出来了，表演简单。打神戏挣香钱。我在瘟神洞打神戏挣五百，加加官，一串，再封封相，挣到一串五。这些属于昆戏。此外我在晋城、陵川、壶关的庙会都打过神戏。

四

吹打、厨子、茶房是三大行、老三门，叫吹打就得叫茶房，叫茶房就得叫厨子，三行都是伺候人的低下行当。办大号，谁也离不开谁，赏钱三行分，厨子置得好，茶房端得好，吹打吹得好，三个行道可以互相通婚。

茶房也叫管家、小家。还有一种人叫礼教先生，也叫礼宾先生，是合礼的，人家不是行道，地位高。办白事时茶房引上礼宾，礼宾站在棚底，茶房站在供桌前，礼宾喊礼，茶房搀扶，帮助孝子动作，孝子听管家的，管家听合礼的。我也当过礼宾先生，干过茶房，在没人干时我也干过一半回，嫌这个太麻烦，我不愿干。有的新手办茶房，事先就对我说："老师傅，我可不太行。"我说："不怕，不懂了我告诉你。"

厨子和茶房敬火神爷，米山就有火神庙，四月间有会了，我去那儿吹一天戏，不挣钱。厨子、茶房去那儿拜老爷。后来把庙分给了住家了，神像也毁了。

过去还有一种人叫门上人，也叫鞭杆手，不属于行道。米山就有一个，不种地，在村上混，和游民一样。这种人与铳手联系多，与吹打联系少。有了红白事，鞭杆手不请自到，和主家要上钱，讨吃的来了，找他挂号，由鞭杆手打发。鞭杆手剥削讨吃的。人们骂鞭杆手是"混鬼了"。去外地打大号，碰上这种人我们不敢惹。

过去高平办红白事也放钱，有铳手，还有专门搭棚的棚匠，他们都不是行道，不是一行，与我们没什么来往，过去红衣行不搭棚，现在也有搭的。

八音会不是行道，不叫鼓乐，他们叫威鼓戏、自乐班，只是要会，正月里闹红火。八音会用的是大鼓，行道（包括粗、细乐）用的是挎鼓，八音会吹的唢呐是木杆的，行道吹的唢呐是钢杆的，其他乐器一样。八音会用的调，如《节节高》《戏牡丹》，四十八梆不地道，行道用四十八梆。

八音会的人员稳定，用什么乐器只能用什么，单打一，水平不行，只能要个会；走行道的人则对每样乐器都得通，缺什么人手顶什么人手。解放前，八音会与行道不合作。我们不要会，他们不办大号，但八音会在技术上过不了关的也问我们，咱给他过过嘴。解放后我们在一起办开了。

五

我什么戏、什么曲调都学，粗乐、细乐的曲牌，包括细乐特有的《全背》《设灵堂》，我都会。昆、梆、锣、卷戏、落子戏我都弄过，会吹会唱。

行道中的吹拉打唱我都懂，但拉的功夫不行，有好把式我靠边站，没人拉了我也拉，打鼓板和吹唢呐没人能比得过我，尤其是吹唢呐。

打鼓板不说几个调，吹唢呐有七个调，能吹三个调的就算可以了，能吹六七个调的就很少了，我能吹七个调。没搁过手的把式，咱看他的本事，他看咱的本事，咱变他也变，他变咱也变。一般人吹一字调（反工尺上一四合）、小工调（上一五六反工尺），正调（一五六反工尺上）还差不多，我变四字调（六反工尺上一四），他就跟不上我了。不是好把式，不敢抓唢呐，我变你不会变，就把你晾住了。

我可以同时吹五样东西，一手一把唢呐，双手食指、拇指各夹一个口哨，口中再含一个口哨，可以用鼻孔吹唢呐，可单孔吹，也可以双孔吹。

我能表演口噙铡刀。噙一口刀时，刀刃朝里；噙两口刀时，刀刃与刀背咬合；到三口刀时，先噙一口刀，两边再各挂一口；再往上就要口咬木板，在木板上挂铡刀，最多挂到十口刀。我喜欢弄点新花样，在木板上顶一把雨伞，伞的每个角角上挂一个自制的纸灯笼，里边装上小电灯泡，接上电线，连上电池，电池就装在我上衣兜里，吹起两杆唢呐，把灯泡接通，我还要转上三圈，然后别人把我口咬的木板抬住，我张开嘴，让人把木板和铡刀抬走。

我弄的其他花样还有，把牛车或马车的车轮沿着轮轴拴上根带子，用嘴咬住带子，我把车夹擎起，用一根棍子两头各捆一把椅子，每把椅子上绑一面一二尺长的镜子，或是棍子两边各挂一桶水，咬住棍子，擎起椅子或水桶，用鼻孔吹唢呐。

我年轻时跟高平和外县多少伙人打对，没有输过。不管去哪儿，听说是米山家来了，妥了，谁也害怕，有的就不敢来了，宁可不挣钱，也怕败了兴。这种事解放前后都有过。一次去杨村办大号，主家请的另外一班家伙，听说黑人来了，有的进村了，有的没进村就窜了。在同行中，我被称为"高平一把手""黑大爷"。早几十年，高平人嫁闺女，有"黑人不来闺女不出门"的说法，只要我去，哪怕不亲自吹，这一伙音乐马上就有了脸面。

六

新中国成立后，我以艺人的身份成为高平县第一届二十四名政协委员之一。我同高平县县长卫恒关系很好，他说我是老艺人，给我的长子起名叫"苏艺"。我在县里开会，也去太原开会，同赵树理、马峰、歌舞团的马凤山在一起开会，见过王中青省长。1957年省里开统战会议，高平去了五六个人参加，其中米山去的是我和另外一个绣花女。

五六十年代，我留太原工作的机会很多，但主要因为不识字，连简谱也不识，另外又舍不得家庭，还是回来了。在太原，省歌舞团有个五台人韩老师是个好吹家，能吹二三样东西，他教会我打口哨。

我同赵树理打过几回交道，除在太原开会外，我在沁水教音乐也见过他，他还来高平调查过音乐。赵树理对这一行挺爱好，他能吹能打八音会，开会前用八音会家伙助兴，没人敲鼓了，他上去敲。赵树理和我一起探讨技艺，他问我多大学的吹打，怎么学的，有没有徒弟。他对我说："你们不要保守，有啥都拿出来，这个行道低，咱也宣传宣传，让大伙也干干这一行。"他还和我谈要把粗、细乐统一起来，要改改从前的老调。他在高平召集艺人们开会，说应该由县政府组织一下，成立个系统，我在政协也提过这个问题，但最后没弄成。新中国成立后，县里集中行道人开会，那时已不讲粗细乐之分了，只是亮把式。

五十年代，我去长治、太原比赛过三四回，打鼓是一伙伙人比，吹唢呐是个人比赛，我每次比赛不管是地区的还是省里的，都是第一名。在太原比赛，省广播电台给我录过音，按钟点卡着，共二十分钟。我吹的是《五福堂》，属于四十八梆中的，后来还表给我七十元钱。《山西日报》发表过介绍我的文章，还配我在山西大礼堂吹打时的照片，当时我四十来岁。

我的徒弟众多，早先让人家学吹打人家也不学，解放后我引得他们都干开了。行道上的人不愿让我传艺。我说："怕甚？让大伙都干起来。我跟上社会潮流走。"

我与大部分徒弟关系松散，过后来往不多。有的徒弟跟我干的时间长，关系近，逢年过节还来看看我，家中有红白大事了互相帮忙。其中有几个是成名的徒弟，原村乡小城的韩完则，米山镇孝义的暴锁才，王庄枣树沟的杨新才，城关汤望头的贾秃子。徒弟们中除了完则是行道出身的以外，其余的都是新中国成立后才干开的。

七

　　吹打是气功，没有气功就顶不下来。我从小练功，身体很好，从年轻时就养成个习惯，睡觉睡得快、醒得快，一点头就睡着了，睡着也能听见别人说啥。我从不抽大烟，不喝酒，解放后吸开纸烟。我生活规律，早睡早起，除了办大号，什么都不管。挣多少钱，花多少钱，一概交给老伴，我不管，对家务、种地、子女上学都不操心。我的爱好就是吹打，我与人共事，都相处得挺好，我当揽头，别人都服我，我请别人帮忙或别人叫我去帮忙，也都合作得很好。

　　我老来有福，家庭和睦。子孙均会干吹打，但早已改行，因为不愿再伺候人，不愿看别人脸色。现在他们有的务农，有的当个体户，有的当干部。我的重孙、重孙女还小，要是大点，我还想让他们学吹打呢！

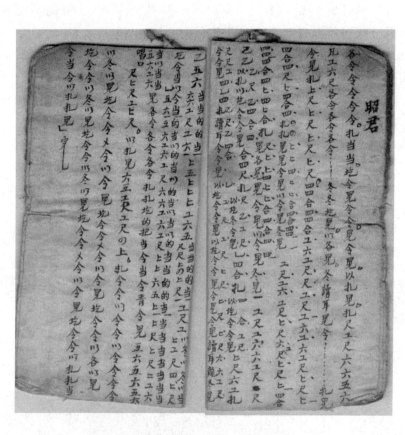

【工尺调之昭君部分手迹】

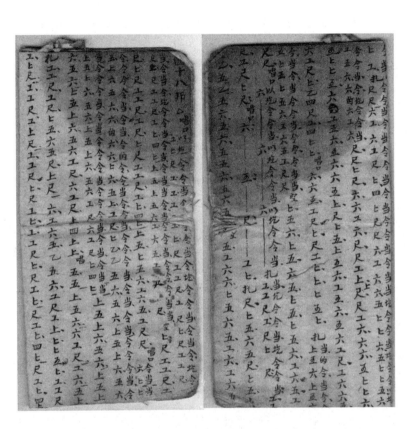

【工尺调之四十八梆部分手迹】

　　爷爷的口述没做任何修改，回看过来像爷爷在聊天，奶奶静静地坐在那儿，闪烁着睿智的目光看着前方……

回　忆

父亲的生日

没有想到这个生日竟然是在老院子里过的最后一个生日，承载了我娘家记忆的老院子，承载了父母多少回忆的老院子。

每年父亲过生日，都是妈做好饭菜，我们踩着点回家，吃饱喝好，讨论着好吃不好吃、打包带走或不带，母亲手忙脚乱地准备，我们叽叽喳喳地挑选，回家一起聚的时光，竟让母亲高兴得像个孩子。

今年的生日，我提前和她打招呼，饭我们来做，我和大嫂都在晋城，回去我们做，你只要熬点汤就好了。妈已经70岁了，还让她去张罗，我实在不忍，去饭店吧，爸也行动不便。于是我们说定了吃烫面饺。数着日子，生日前一天晚上，我就到超市买肉买菜。在采买的过程中，我周身的细胞快乐地膨胀还有一丝丝的压力，期盼又担心做不好的心情此起彼伏。在公婆家做什么，都是我这个儿媳妇理所当然。在我家都是妈在张罗，大嫂搭手，我从来享用大于付出。能替母亲准备一餐饭，竟然像我第一次上台演讲，激动、兴奋。晚上上床，我算着时间，九点多出发，最迟十点，十点多我才能到，对，我必须早起。

天刚亮，五点多我就醒了，怀着强烈的责任感，开始了一

回
忆

样一样地准备。安静的早晨，刀起刀落，葱、姜、蒜末依次排好，在等待我这个大厨的最后整合。这时我不禁想起每个节日，我们认为极无聊的节日，过世的奶奶和母亲为了大家聚在一起的节日是多么的操劳，煮好肉、切好菜、和好馅……在整个过程中，我感到一种从来未有的满足感。这一刻我才觉得自己长大了，其实大嫂说和我一块采买一块弄，但我回了她，我在心里说："平时好的不好的都是你们在弄，就在今天，我想做一顿。"我选择一个人来为父亲生日准备一顿饭，平时我照顾他们的时间太少了，陪伴他们的时间也是有数的，有时我回家甚至我妈都不着急睡，老想多说会儿话，妈妈也知道，我在家待的日子有限。

随着锅热起来，我用滚水和好面，一看表，时间不早了，赶紧打包起来，等待老公接我回家。

这时门铃响起，二哥订的一个大蛋糕送了进来，电话响起，我侄女——父亲的孙女又订了一个蛋糕，带着做好的肉和馅还有和好的面，也带着两份沉甸甸的祝福，我们奔回家……

到家后，大嫂和我分开做，一会热腾腾的饭就出锅了，妈让给邻居送点，送饭的时候，院里的大婶和我说："你妈睡不着，三点多就醒了，哎，你不让她做，她也想着这个事呢，没其他事她也会找点事做，估计给你们准备带的东西。"看着一锅刚包的粽子散着清香，一锅久经烟火的黏糊糊的玉米豆等待我们消灭，我心疼地埋怨妈，我妈赶紧转移话题掩护自己的操劳和早起。因我爸脑血栓，我妈每天照顾省了我们多少事，又为此出不了门，我们作为子女还是很歉疚的。但只要我们一句随意的话，她就当圣旨一样来执行，只是大嫂随意一句玉米豆她就会睡不着地熬。我大嫂很无意，我妈却太有意。试问天下父母何尝不都如此，都说养儿才知父母恩，我想说，真真正正为父母做一件事，静静地，就能体会父母的给予。还有那双份的蛋糕，又会让妈在乡邻间多点谈资，也多点自豪。而父亲的生日更像是一个家庭聚会，和和气气，共同动手，不像过年过节走亲戚，我是亲戚的角色，这样才更像是家人，大哥、二哥，还有到场的不到场的，其乐融融，感谢父母的健在，才有我们聚会的理由。

还有一个不得不说的事实，我的烫面饺，自诩拿手饭的烫面饺，做出了妈妈的味道，一般又一般，原来这样的饭,饱含深情,饱含努力，有众人参与的饭可以这样一般般。

又到了出发回家的时候，带上蛋糕、粽子、烫面饺，我们出发了，期待下次再聚。

回
忆

过　年

儿时，当准备了几个月的年姗姗来迟，大年三十，全家都忙活起来迎接新年。

从不下厨的爷爷亲自下厨做一桌贡品，答谢神明佑护。奶奶和母亲不知道在忙些什么，只是不时地叫我拿东拿西。大哥也在鼓捣着什么东西，大多是鼓捣唱机之类的。刚吃完午饭，勤劳的二哥就开始张罗着清扫院子，平时不扫的犄角旮儿，今天是一定要扫的。家里的闲人也加入到打扫的队伍中来，撕掉去年残存的对子，清扫墙面，擦窗台，扫门堆（土话，意思是屋门口坐人的石头）。当整洁的院子和进腊月就扫好的屋子融为一体，窗明几净，干净整洁，帮忙扫地的我总有很大的成就感。在我发呆享受这种成就感时，二哥已经和爸、大哥他们用平时积攒的柴火以及前些天从山上打来的树枝架起一堆篝火（我们叫架年火）。

架完年火，奶奶端下在火上一直咕嘟咕嘟的白面糊糊（浆糊），父亲他们着我提一小桶作为跟班，和他们一起拿个凳子开始贴对联。上下左右对齐，刷上面浆，当一个个屋子被贴上对联，房子也变得崭新起来，喜庆极了，就像我们过年穿新衣，新年新气象。这个时候还没完成采购的邻人从大门前过来过往，都会探头问一句，准备好了没有？大人们总是声音欢快高昂地说，好了，好了。

当夜幕降临，接神的鞭炮声接连不断地响起，我跟在奶奶、爷爷后忙着烧香磕头，缅怀祖先，迎接各路神仙来家过年，烟雾缭绕的家里飘着年的味道和要出锅的饭味，这一餐一定是丰盛的，其实更多是饺子，还有炸的各种面食的味道。吃完饭、收拾完，忙了一下午甚至一个腊月的大人们终于闲下来和我们盘坐在火炕旁，烤着火聊天。在爷爷奶奶的屋子里全家围坐在一起，温馨又温暖。而母亲是个例外，她大多会坐在炕头，就着光在做最后的功课，因为我们穿的都是手工的棉衣棉裤，袖口裤口总要缝上漂漂亮亮的布，以备拆洗，一件一件，直到家里老小的衣物被我们一一各自领完，我们也陆续睡去了，母亲还在灯下做活。

除夕的早晨，我们是在爆竹声中醒来的，大人们已经开始忙碌起来。烧香的、做饭的、叠被子的、扫地的，天还擦着黑，家里已灯火通明。我们兄妹仨各自打扮着自己，当新衣穿在英俊的大哥二哥身上，我会由衷地夸赞好看。穿戴好，母亲忙里偷闲在给我扎好辫子后，我们都会排队领奶奶给我们做的"头脑"（豆腐为主的汤而已），喝了"头脑"，才要吃饭。

院里的年火也嘶啦着响了起来，红红长长的鞭从家里铺到大门外。当烧完香，二哥忙着点燃炮的信头，噼里啪啦，鞭总是响好长时间，地下也会铺一层红红的炮皮。相对于邻居的短鞭，父亲的嘴角总会扯起骄傲的弧度。烟花响起，当看着绚烂的花火在高空中绽放，窗户内被映照的红彤彤的小脸和升起的烟火、旺旺的年火、家人手拿活计驻足观看的场景，组成了年的味道，镌刻在我的记忆里。

十几岁，过年还是一样的忙碌，只是多了一项看春晚。当邻居大人小孩挤在东屋看春晚时，我们睡得晚了许多，毕竟大多邻人还没电视，我们又不能扫了大家的兴，大年三十晚上家人的忙碌就直播在了邻人面前，大人们尽量把活往前赶，我们也干完我们的，早早坐在炕头上，一堆人或坐或站或倚着墙头看春晚，倒数迎新年。我仍然是我们家的小跟班，被叫起来拿东拿西。

新年也随着大嫂、二嫂的加盟逐年热闹，再后来有了侄儿、侄女，爸爸也不再上班，渐渐大哥、二哥退出了老院子居住，过年，邻人与我家的鞭放的一样长了，大家早就各自有了电视，小院又回归了宁静，爷爷奶奶老了，他们干的活也被爸妈揽过去，过年爷爷奶奶只是坐在炕头上聊聊天、抽抽烟。在大哥、二哥他们家走后，我们品尝着另一种年味，不过，院子在，他们在，家里的规矩和温馨就在。

结婚生女，奶奶爷爷相继离世，爸也渐渐不能自由行动，过年，有百般滋味。

我像母亲一样张罗着两边的父母，不管钱多钱少，给他们添置新衣，就像儿时并不宽裕的他们绞尽脑汁给我们置办新衣一样，新衣、过年置办一样不少，给他们置办上，我才觉得年要到了。

母亲这厢，熟悉的院子，不再热闹的家，盛着我们一家的欢乐和喧嚣已随岁月逝去，留下的不是优雅老去的父母，而是辛苦操劳半生仍然为儿女操心的老人，年火越堆越小，鞭对于一个老妇来说也是意思意思，再没有四世同堂的快乐。我，作为女儿——俗称的外人也改变不了什么，只能任由流年滑过父母的生命。过年来走亲戚，一样的自如还有一样的多言多语，心里的感慨从不放到脸上，让父母放心也是他们的幸福。

我在婆家，会准备不同的吃食在年夜饭上，虽然厨艺不精，我也特别希望给孩子和家人一种年的味道，也会和老公采购年货，放烟火、炮仗。过年，是我们的置办、孩子的笑、老人的慈祥，这是儿时年的味道，也是长辈给我的耳濡目染。

后来，婆婆不在了，我也成了忙人，打扫院子，贴对联，晨起做饭，一并事务忙完，去走亲戚才会清闲下来，一步一步，人已中年，而年似乎来得越来越快，一眨眼，年根就到了。

每到过年我想母亲的钱一定是紧张的，置办年货，发压岁钱，给小孩买衣服，还要张罗两个哥哥。想到每个父母的不易，公司决定，过年给在职员工父母送温暖，送点米、面、些许的钱让他们过年，母亲只得了两年，不在了（我鲜少给母亲钱，只是买东西，因为二哥赌博，母亲也有工资，不想让这成为二哥可以要到钱的地方以致越陷越深。在公司发钱、人人等同下母亲得的快乐而坦然）。

父母在一个月内相继离世，快过年了，再不能给父母添置新衣，看到老年服装店习惯性地进去，悻悻而回，别人送来点好吃的，心下更加凄凉，无亲人可奉。

原来做什么都会节余一点，给父母拿点，现在节余的那一口不知道给谁，辛苦一生的母亲也再吃不到我拿的东西，曾叱咤商海的父亲老年痴呆也再不用我买零食解馋，今年过年于我有点残酷，心口的酸涩，家人的快乐，还有我的脆弱，我是当家的女人、媳妇、母亲。我做着应做的一切，但我也是一个不再有母亲疼的女儿，心怀爱奔向自己的终点，过着我的别样人生。

年越过越淡，放了鞭炮就过了年。

回忆

背　影

　　夜半醒来，鹅黄的灯光下，轻手轻脚干活的母亲被灯光扯下一片暗影。儿时的我看到母亲的背影，宽厚而温暖，又沉沉睡去。

　　天麻亮，浅睡的我被母亲出门的声音惊醒，睁开眼，只能看到一道匆匆的身影消失在屋门外。

　　母亲是名教师，对学生严厉，对工作要求颇高，而在家里，操持家务，上地做衣服手脚不闲，从我记事起，晚睡早起的母亲留给我印象最深的就是这两帧图片。

　　少时只忧不长大，渐渐长大的我，开始读书、结婚、生子。我的人生在轨道上滑行，变得斑斓多彩；而母亲，依然奔波忙碌，为了生活、为了这个家奉献着自己，风风火火的背影里藏着多少坚强和隐忍。

　　母亲退休了，手工做衣服做鞋也慢慢退出历史舞台。孩子们也各自成家，母亲又开始张罗孙子辈，别出心裁的小背心在裁缝机下翻飞成型，缝纫机欢快的哒哒声配着母亲抖动的身躯，跳动着喜悦。

　　父亲四十多就患上了脑血栓，随着年龄增长，各种后遗症开始陆续跑出来，两地来回跑的父亲放弃工作，开始了和母亲的相濡以沫。记忆中，娇小的母亲扶着高大的父亲上厕所的背影，透着温暖、安宁。

父亲从坚持走路到出门晒晒太阳，到后来那么有毅力的父亲已不太出门，再到后来，饭也成了母亲喂。母亲照顾着父亲，我们都没伸过手。周末回家来看看父母，我像过节一般快乐。后来，我学会了开车，孩子也上了大学，常回来和父母小聚，甜蜜而温暖，而母亲低头喂饭的背影也镌刻在记忆的年轮里，无怨，尽心。

每次回家，母亲总要买点菜，花点心思做上一餐饭，虽然母亲的饭不好吃，但看到乐颠颠的母亲踩着小碎步匆忙买菜的背影，总是那么温暖，也让我依恋。

母亲得病了，食道癌，看到母亲孤独地站在大哥窗前那羸弱、飘摇的后背，一股酸涩堵在我的心口。你为这个家付出了一辈子，为照顾父亲出不了门。现在，你病了，你一辈子为父母活，为子女活，为自己活的日子还没开始。你是一座山护卫着这个家，你倒了，谁来护卫你？

去北京看病、后期治疗的更多时间里，母亲只是挪着小方步，缓慢而吃力。看到瘦弱成骨架的母亲拖着拉长的身影在前面行走，背后的我总是感叹生命的长度。原来生命是可以丈量的，原来岁月弥足珍贵，脑海里一闪而过的是穿着黄碎花上衣的母亲意气风发地谱写着她的时代，而现在，母亲已快到了人生的终点。但母亲仍然怀着对生的渴望和对未来的憧憬，和我一起为装修旧家奔波，在养老院（看父亲）和家之间奔波，在北京（复查）和家之间奔波。她的身影里跳动着和病魔抗争的坚强，她的身影里闪烁着山的包容和厚重，她的身影里仍然埋藏着对

　　爱好花草的母亲，一辈子奔波忙碌，这是我与母亲在北京恭王府旅游时，我用手机抓拍的瞬间。

　　记忆里，母亲的背影，坚强而忙碌；照片上，母亲的神态，风花雪月，她还是一个爱花的妇人。

家和父亲的责任……

　　父亲在离家六个月后，终于回到老家雇了专人伺候，安顿好父亲，我要去北京。母亲穿着褐色的小大衣在厨房弄吃的，看着母亲的背影，还是那么漂亮的母亲透着满足和喜悦在忙乎着，这是母亲最后一次病倒前，最清晰的画面，最清晰的背影，以至母亲不在了，我脑海里依旧一直在回放。

　　母亲走了，就像一个窄巷里，母亲不回头地走了。我看着她的背影渐行渐远，直至不见。

　　一切戛然而止，日子还是照常地往前走，母亲离开的日子也越来越长，而母亲的背影在我的脑海里一遍遍呈现，愈加清晰，隐忍的，欢快的，努力的，无奈的……

　　想到母亲，更多的是背影，因为我们面对面，我和母亲都会收拾好心情，准备一个包装过的自己。只有在不经意的、不设防的背影后，才阅尽了母亲的各种情绪和沧桑。你走了，我品尝着你无数的背影，想念着有你的时光。

追　　思

　　清明时节雨纷纷，路上行人欲断魂。若问父母今何在，空谷无声伤满怀。

　　清明节坟头上，我们在焚烧着纸钱，想起母亲省吃俭用的一生、努力奋斗的一生、只为家人像蜡烛燃烧的一生，不免黯然神伤。

　　作为一名人民教师，作为一家三代的老师，您恪尽职守，桃李芬芳，我们作为子女为您骄傲；持家几十载，从小娇娘到白发，婆媳和睦，其乐融融；为妻五十余载，无怨无悔，精心照料爸爸二十多年，也完美地诠释了那句话："死生契阔，与子成说，执子之手，与子偕老"；作为母亲，半夜醒来，床前鹅黄的灯光下总是您躬身干活的背影，我们每个人人前齐齐整整，这缘于您的巧手。

　　少时回家，您难掩喜悦，匆匆去买点菜为我们做上一顿你拿手的饭，步伐那样矫健似在眼前。给你买上好看的衣服，你怕我们花钱又欢喜的样子似在面前。人说，苦尽甘来，另一个世界，一定甘来。

　　父亲在母亲走了九天后，生病了。半个月的时间，父亲你也走了，自此，我没有娘家，只是亲戚。在你的一生中，你给过我们每个人成人礼，或大或小，在工作的最初，提升了我们的起跑线。

幼时学医的你，后来经商，到后来引入第一家外资企业，你喜欢挑战自己，在每个工作岗位上都兢兢业业。年轻时候的你玉树临风，与母亲一起，就是一道靓丽的风景。

你也走了，带着对母亲的依恋，也带走了我们这个大家。没有重聚的理由，只是清明，我们结伴而来。

大嫂在拨弄着火，大哥在站着指导，侄女在忙着忙后，母亲，父亲，我像回到了家……

坟前的纸被火一寸寸吞噬，水果、饼干、纸钱等带着我们的敬意和怀念被扔进火里，风诉说着我们的思念助力燃烧。一会火熄了，磕过头，清明节别过。

执子之手，与子偕老

遇　见

遇　见

　　过去的岁月里，啼哭第一声的我遇见了我的亲人，以及由此引发的亲缘关系。除此之外，和同学遇见、和老师遇见、和邻人遇见，有了和很多人的相遇。在这中间，有启发我的人、帮助我的人、提点我的人，当然也有不喜欢我的人。岁月如梭，留在心田的是一次次温暖的遇见。

　　那年初三，我遇见了冯老师、祁老师，他们讲课讲得好，课后拉琴唱歌，翩翩风采。不知为什么，他们触动了我往前奔跑。也许是羡慕，也许是向往，总之，我开始全力以赴追赶自己的命运！当然，有"古文爷爷"之称的王老师、美式发音的英语老师李老师奠定了我学习的基础。有了奔跑的动力，我积攒的能量也渐渐显现。感谢青葱的求学岁月，与诸位相遇。

　　在高中，一次演讲比赛我遇见了我的队友。虽然差距不大，我屈居第二，但是她身上的光芒照亮了我缺失的地方，也是我在那次后努力的方向。

　　上班工作了，我遇见了人生中第一次给我难堪的贵人。因服务员上菜过程中，苍蝇扑到盘子里没及时发现引发的事件。接到服务员通知，我立马让厨房炒了几道拿手菜送了上去，但服务员反馈说，人家不行，不让上。我只好又端着菜去救场，站在桌边，气氛压抑，我道歉完了，仍然没有让我把菜放下。我知道我们有责任，所以就端着菜等待人家接受歉意。最后，是他朋友打了圆场，放下了几个小菜。这件事让我狠抓管理、不讲理由，因为市场也好，顾客也好，不会给你的错误讲理由。由此，我正式进入职场。

来到晋城，我遇见了我的师傅任经理，是他打开了我人生新的一页。关于营销、团队，关于人的职业素养，职场中的个人魅力、不屈不挠的职业精神，很荣幸可以做他的徒弟完成自己职场上的飞跃。

同样在这里，我遇见了第二个老师王经理，他教会了我严谨、沉稳的管理风格。这也渗透到了日后我的管理当中。是他们，给了我武林修炼的正道，不投机取巧，以创意和努力取胜。

那年出差，我遇见了一个眉眼含笑的女人。无聊的候车时光，她娓娓道来的自己的故事惊醒了那个年代的我，让我懂得女人在社会上家庭中一定要有独立的资本，修炼自己是一辈子的课题。

再后来，因为此前的遇见，我遇见了更多的人、更大的天地。想起一句话，如果删除过往，你一定不会成为现在的你。蓦地心中涌起阵阵感恩，感恩每一次的遇见带给我的沉淀。

写到这，高铁已经到站，我沉浸在往日的情绪里，提着皮箱却走到了步梯这边。这时，猛然伸过来一只有力的手扶起我奋力提着的皮箱。扭头一看，一个小伙子露着一口白牙友好礼貌地微笑问：需要帮忙吗？我忙不迭地点头，直到走完步梯，放下皮箱，他摆手离开，心里的暖意都没有退却。噢，又一次遇见，或许此生不见。

放任，也是爱

他说，不念书了。母亲说，那你打工去吧。打了一年工，他强烈要求，我要学东西，我还要念书。

他们是一群底层的北漂，像千千万万的蚁人，生活在底层，但他们却接受着与其文化不相称的顶层教育。他们就是北大医院的护工团队。

我认识的这个护工，说话干练，做事利索，怎么看都像一个职业人。我像一个对糖块有瘾的孩子，对努力的女人着迷。很快，我与她搭讪上了，聊了起来，原来她在这做护工，十三年了。终于知道这种职业的感觉来自哪了，她的干练一定来源于这整个护士团队的熏陶。她木讷地说，我是农村出来打工的，就干上这，一干这么多年，孩子刚来的时候，这么高，现在都上大学了。她比划着自己的腿，言语感慨而骄傲。我不禁问什么大学，她给我讲了一个很大众的教育故事。

孩子在老家读书，他们在北京打工，平时疏于管理，孩子也不好好学习。奶奶爷爷也只能管饱他吃饭，其他爱莫能助。初中毕业，他就嚷嚷着打工。夫妻俩一商量，这不能硬着来，就一个孩子，顺从他的心意，就让他去打工。孩子去打工以后才真正体会到做社会的底层人员，没有技能，没有知识，辛苦又被人看不起，赚的都是辛苦钱，并且还周而复始。难道就这样一辈子？他看不到希望。原来父母让他学习、让他拥有自己一技之长是真为他好。一次回家，他讪讪地提出，是否可以再上学。夫妻俩终于听到最美的要求，没有犹豫，说，可以，我们去找，你放心。其实他们根本不知道去哪找、怎么入学，到了北京就开始托人到处找职业技校，各种考察，确定了一个学校——3+2学历教育。这个护工当时正好服务了一个浙江省的高官，她就向他咨询，这个学校好不好？选中的专业前景怎么样？这个高官很负责地参谋，这个专业前景非常好，并且就业潜力大。他们这才把孩子接到北京，当办完入学，他们松了口气，算是上道了。到周末回家，一家人聊聊学校的事，谈谈个人的感悟，孩子竟然慢慢地名列前茅，努力地刷新自己。

五年到了，老师决定让他留校任教，这个母亲说着激动起来，眼里泛着泪光，话也慢了许多，我也心潮澎湃，一直在思考育人的真谛。虽然她没文化，但她知道改变孩子的只有教育。在教育触礁个体时，他们没有斗争，反而顺从孩子的选择，拉孩子去体验了一把。在这期间，他们也一直给他正面引导，没有放弃孩子，让孩子在生活中体会。这绝对是一堂教育大课，反观多少高知家庭，在面对并不优秀的孩子时，怒而弃之。而她用育一棵树的精神，不在意一时一刻的生根发芽，只是关注它的成长，不忘浇水，终有一天它会发芽长大来报母恩。

我愣神起来，这个护工能这样，起源于她的走出来，看到了不一样的世界,接触到了塔尖上的医生,感悟了他们的育儿观,结合自己的经历，尽自己最大努力，把孩子培养成才。也许对于这个结果，别人不屑一顾，可对她来说，这就是一种成功。

　　对于这样的母亲，勤恳、努力，在教育孩子问题上，适当地放任。这样的女人，我佩服、敬佩，谁说她不爱自己的孩子呢？放任，也是一种爱。

遇
见

半个屁股

事情已经过去了好多年，但火车上肥硕女人的半个屁股犹在眼前。

火车上，我的邻座是一个肥硕的女人，领着一男一女。男孩有四五岁的样子，长得大大的眼睛，很精明；女孩只有两三岁，绵绵软软靠在女人怀里。女人拿一个纸板放在地上让男孩靠坐在自己的小腿前，女孩被她抱坐在大腿上，大腿抻着女儿，小腿屈着抻着儿子。车行驶了一阵子，男孩跃跃欲试地要来座位上坐，我想女人一定要责骂他，却见女人慈爱地让出半个身子，半个屁股在凳子上，让男孩坐在了座位上。看到女人抻着腿，勉力支持着。过了一大会估计是腿麻了，女人让女孩坐地上纸板上一会，刚轻松一下，不到三分钟，女孩又吵着上身上来，无奈的女人满满的慈爱，就那半个屁股、粗壮的双腿撑着女孩在怀里，而男孩的小屁股也分着这个座位的1/5，男孩女孩都很满足，似乎都找到了目前为止最舒适的姿势。我也忙侧身让她的屁股领地大点，但奈何座位是隔着的，起不了多大作用。看着母子三人相对的融洽，我一次一次担忧地看着那半个屁股，看能撑多久，好像我费力得不行。

列车员过来查票，女人说："你就说你带了个孩子。"我说："好"。等支应过去，男孩又要喝水吃东西，毕竟他才那么小，不能考虑到母亲的辛苦。女人从行李架上取了一个鼓鼓的小书包，打开来取出两块饼干、两盒奶，还有一个水杯。男孩拿起水杯一个人就去倒水了。我不禁担忧起来，人这么多，孩子还小。女人反倒安慰我："没事。"一会，一个精明的小身影端着杯水穿梭而来，把水递给女人，自己坐下来嚼着当饭的那块饼干，配着牛奶，美滋滋的样子。女孩也吃起同样的食物，他们两个暂时安静下来。吃完，哥哥复又坐到了纸板上，女人则抱着妹妹在座位上打起盹来。

晃荡了一个多小时，哥哥起来独自上厕所去了，回来，女人又抱着妹妹上厕所去了。哥哥坐在座位上翘着腿满足地休息，直到女人回来，慌忙从座位上跳下，让女人坐。男孩像个小男人，独立又机警，并且有穷人孩子早当家的风范。女人像个壮士，隐忍而辛苦，那半个屁股支撑着孩子们的幸福感。

我们要下车了，挥手告别，走出车站到了住地，挥之不散的是女人的半个屁股、哥哥的懂事、妹妹软绵的样子。女人没有教育男孩，男孩也那么独立；女人没有说用饼干当饭，男孩却那么自然而满足。

这幸福的三口人。

遇
见

苦难教育

妈妈上班这么苦，早晨也就吃个馒头。你一定要好好学习，不要走妈妈的老路。

认识胡姐，同样在病房。只不过胡姐跟那个护工大姐穿的衣服又不一样，他们是北漂，在北京住着地下室；而胡姐，是一群漂在北京的无房住户，他们的床就是病人的陪床椅。每天晚上八点左右领来，第二天七点左右还。中午坐在病房的椅子上打个盹，夜晚来临，病房就是他们的休息室，照顾病人频繁起夜，日常喂饭洗漱。打开病人的专属柜子，他们的行李占了一大半，因为那是她的全部家当。

我第一次知道原来他们还可以以这种方式存在，我又一次问，那你们住哪。她说，就住这，中间没活的时候，地下室宾馆一间几十块钱，也有一百多的。我不禁愣神，谁说生活难，难道能难过他们吗？但她的脸上没有任何抱怨的表情，尽心尽责伺候着病人，不厌其烦地要求病人开始做复健。她对待这份工作，尽责有之，我想，善良也有之。

聊天得知，她来自一个小山村，家里就三间房，她和丈夫都做护工。在外十几年，带领兄弟们把家修上楼房，娶了媳妇。而今儿子也大了，在县城又买了房。我说，孩子干嘛？她羞涩地说，上班了，在郑州，考的国税局。我和老公同时"啊"了一声，又同时释然，这样的母亲，这么努力，又这么伺候人积德行善，孩子有这个结果，意料之外情理之中。我说，孩子这么优秀，不错。你们天天在外，怎么教育孩子的？她羞涩地说，我是农村人，没文化，但孩子不能跟我们一样啊。我们回家的时间不多，但当和娃娃一起就会说说我们的生活，不遮掩，不隐瞒，让他知道父母吃的苦、受的累。让他好好学习，不要像我们一样还受这个罪。孩子也懂事，学习生活都不让我们操心，一切都是自己奋斗。这不，准备结婚了。她骄傲地拿出手机让我看儿媳妇和儿子的照片，照片里，儿子端正大方儿媳淳朴又不失俏皮。胡姐说，我和孩子说了，找老婆一定看看她的父母，是否仁善，不管人家工作，不管人家丑俊，咱只需要找个踏踏实实的人家。孩子说，知道，你不用担心，一定是这样。当他们亲家见面以后，确实如此，她说，我就放心了。

看着眼前这个大字不识几个，又脱了土的农村妇女，我不禁对她刮目相看。在孩子的教育问题上，身体力行；在选媳妇的问题上，选家风，选品质，不看工作，不拘美丑，这是多睿智的人呢。对待病人认真、热情，这是多善的人呢。

如果论文化、学识，她处于末流；论教养、品质，她为上乘。

遇
见

57

生活的道路

生活的道路

对于大多数人来说，生活是由环境决定的，他们在命运的拨弄面前，不仅逆来顺受，甚至不能随遇而安。我尊重这些人，可我并不觉得他们令人振奋。还有一些人，他们把生活紧紧地掌握在自己的手里，似乎一切要按照自己的意愿去创造生活。这样的人虽然寥若星辰，却深深吸引着我。

——毛姆《生活的道路》

在孩子学医的问题上，我总会遇到这样的"关心"：学医那么苦，干嘛让孩子受那个罪？我知道这确实是我们朋友真诚的忠告。还有人说，女孩就像花朵，培养得漂亮了找个好人家嫁了多好，女孩最终不是嫁人吗？这时我总是讷讷的，不知道怎么作答，心里暗想，我们是不是给孩子有了想做事的念想，孩子才那样辛苦？光英语就是一个难过的坎儿，她的唠叨还在继续，比如找对象，家世、条件必须好，要不然得奋斗多少年……

做母亲，我是初次，面对下一代的人生我也是初次，心里还是心疼孩子的辛苦，说没有动摇是假的。但对于这种择偶观我是反对的，如果一个女人能找到一个男人愿意与他共同去奋斗余生，愿意陪他顺途或坎坷，只因他们的手紧握，或许就站在了人生之巅，家世、条件在那时可能只是一个小点，消弥于视野中，能拥有这样的人生好过吃喝玩乐的轻松。当然，我不拒绝或者是不戴有色眼镜去看待家世、条件好的孩子，只要婚姻观、人生观相投即可。

回家后，正好有机会，女儿刚做完作业，我不禁疑虑地询问起了"主人公"，人生是她的，看她的看法如何。当我惴惴不安把他们的问题抛向她，我想总好过她年龄大了以后对我们的反抗，没想到孩子的回答让我为她骄傲。

"我选择的道路，这是我的理想，别人觉得苦，我苦中作乐，你不知道每当学到一点东西的时候，我都会热泪盈眶。况且，治病救人，胜造十级浮屠。"我的心放了下来，也为自己的小格局而羞愧，不管怎样，我终于核实了一下，如果这是孩子想要的生活，追梦的过程，苦和累只是佐料，我为她的"义正言辞"点赞。谈话中，我也客观评价了她选择的职业。我想让孩子看到不仅有鲜花还有汗水甚或还有中年奋斗的劳苦，她却处之淡然。我有些话已说不出口，只是心想，我们尽其所能助力她吧。

夜读，我读到了这篇文章。他们说我们"溺爱"，认为我们太顺着她了。她选择的路不一定是成人眼里正确的路，其实正确的路也只是现实的安逸罢了，不同的价值观会有不一样的生活。对于未来命运的茫然也曾让我心生忐忑。毛姆的这段话，我读了一遍又一遍，茅塞顿开，不问前程，努力现在，把生活紧紧握在自己手里，按照自己的意愿去创造生活，做一个寥若星辰的少年。沉思中，好像看到一个追逐梦想的少年，这个过程已经很美，况且心中有爱朝着梦想奔跑，一定胸怀澎湃吧。

生活的道路，有梦奔跑；不管最后是否从医，在这个阶段为此奋斗和努力，这就是青春最好的样子。

漫延一米就变脏

三亚大东海的水真清，远方是蓝的，近处是白的，一眼就可以看到水中摇荡的纤细的海草，用什么来形容呢？水晶！晶莹剔透，完美无瑕，坐在细软的沙滩上，看泳者摆开双臂游来游去，恍若天堂。有如此纯净的水来享受。旁边一游客说，现在是上午，水是干净的；下午一涨潮，水就变脏了。果然，一涨潮，岸上的水瓶、杂物卷入水，水一下子就找不到清澈的感觉了，而潮水仅仅只是漫延了一米的距离。

看了这篇文章，我想到了二哥。小时候的二哥节俭又勤快。不知道从哪里寻得的放子弹的箱子，军绿的，二哥把它当成他的百宝箱存起来，和爷爷办事赚的钱、零零碎碎积攒的小东西都放在那军绿的子弹箱里。那时候的二哥懂事得让人心疼。

当学生时代的我，听到二哥在门市部和人赌博，二哥输了八千块钱大哭的事，我忙去探寻结果。原来二嫂因与二哥吵架至今未归，二哥呆呆地卖着货，一个乡人趁他们吵架、他一个人在家，在他门市部彻夜不归，直到扫净他，估计货也会拿点吧。那时的我，没有和任何人说，幼稚地想，这也许是一场事故吧。

九十年代初，八千块，相当于几万块，教训够大。

没想到，不甘的二哥就此迷上了赌博。小时候和爷爷出去办事偶尔玩玩，却成了他心心念念的主业，一个乡人一次兴致即来或策划已久的"玩耍"像涨潮一样，脏了他的心。赢钱的快感，输钱不甘的回本，二哥演了二十多年。

中间间断了几次，不玩到又开玩，起起伏伏。在这中间，有段时间大赢，买了两辆小汽车,这更让他心瘾难戒。天堂与地狱在他的身上变更着不同的色彩,他再也没有了好日子。赢时，把家人的贪婪与虚荣鼓胀了起来，当老天爷收回甚至重罚时，家人与他均不能适应，天上掉的金子毕竟不用出力。当开始和家人奋斗开，好像暂时忘了赌博带来红利的假象，但一个小小的诱因或者一次心瘾，二哥又一次到了地狱。不管输赢，他已不再是他，眼里只有钱、只有赌博。清澈的双眸，节俭的二哥，军绿的子弹头箱子，努力的二哥，你在我的记忆里、念想里，你去哪里了？

其实，一米是多么短的距离，短到就只是今天玩与不玩的念想，就是偷与不偷、骗与不骗的底线，就是涨潮的一瞬、心头的一个念想。一个涨潮，你的人生可能就脏了。看电视《好先生》，男主一直说自己是混蛋，其实他却在做着天使的事，佳禾这样说他，"你就这样，只要坚持，你会上天堂的，我们一起去那个地方"。底线，是心底那条红线，坚守，你才能迎来心中的天堂。

一米的距离，在做人的红线外灵活一点，也许那就是变脏的节奏。你告诉自己，我不过是替儿子做的，不过是让老婆高兴，不过是帮帮同事，不过是……冠冕堂皇，但只要越过了这条底线，一次次的自我欺骗，一次次的下滑，终于失足掉进了水里，甚至溺亡。

在我们的周围，有这样的事发生吗？如果有，你是视若无睹还是温情参与，抑或拉一把？不过一米的距离，世人难做之事即为度人，大善之事亦为度人，当发现同事、朋友、身边人迈向那一米距离的时候，一定喊出"stop！！！"，你制止的不是一个行为、一件事，而是一个人的天堂地狱。

成　长

从幼童到妇人，从稚嫩到成熟，成长是一次次的感悟、一点点的心动。

在每个人成长的路上，总有那么几件让自己印象深刻的事。

在我印象最深的一次，是十岁左右，父母的一次交谈。谈到一些杂事，具体什么事已记不清楚，只隐隐记得当时父母的努力与无奈。沉默的我没有多言，只是力所能及地做点事，让大人们感受不到我的存在和打扰。早早睡下，梦中的自己原来在屋后的树下像个小不点，仰头看雄伟的树，感受着自己的渺小。但刷的只那么一下我就长高长大了，和树比肩。梦醒了，黑暗的夜里是父母均匀的呼吸，我想我长大了，再嫩的肩膀我也要和父母一块维护这个家。

奶奶腿痛，老是在炕上烘着腿，爱干活的奶奶抱怨着自己，我心疼地劝慰着奶奶，是病不好不是人不好呀，小手给奶奶揉着腿。奶奶高兴地揉着我的头，说我长大了，但我却没有长大的感觉，这次南柯一梦，我想我真的长大了。

上高中，别人家母亲有穿蹬腿裤，但我的母亲虽然是老师，但她也舍不得或者说是算不到自己头上福利。我虽然不挣钱，但也很想给母亲买一条，当积攒下钱跑到商店给母亲买了平生第一件东西，我心中愉悦得无以言表。崭新的蹬腿裤拿到母亲面前，母亲眼睛湿润地说，闺女长大了。我清楚地记得我对自己说，这是你们认为的长大，我早就长大了，从你上郑州回来，我要求你给哥嫂买东西不要给我买开始；从你看孙女我给你分担，不舍你劳累开始；从回家到奶奶爷爷房里先转一趟开始……我早就长大了，只是自己的肩膀太过柔弱，没能力为你分担什么。

高中毕业，我没再上大学，高中期间，你烧了一次腿，爸脑血栓入了一次院，我毅然决然选择不上，我不想再给你们添一点负担，但这只是我以为的长大。

我成家了，有孩子了，当我买回一点东西给你们，像你们给我们小时候的物品，带着温度，当我从一个不做家务到做着生意还要带孩做饭的家庭主妇，我一点点在长大。多少汗水和泪水交织在成长的途中，但我很感恩命运的安排让我有能力给父母尽一点点孝。

奶奶爷爷走了，我没报多少恩。母亲父亲也相继离世，也没享我多少福。思索人生，回看和他们在一起的岁月，才发现原来我一直没有长大，只不过一直在成长的路上。想到好多憾事，检点我的不够智慧；想到事情的处理，是否怎样更好；想到与他们的匆匆时光，叹息陪伴得太少。我真的没长大。

你们给了我一个很正的家庭观，对待公婆、邻人、娘家人，但没教我"自私"，自私地爱自己。你们教会我敞开胸怀接纳，和世界和平共处，但态度还有拒绝、选择，这些我要去体会和学习，这是我们缺失的教育。我要怎样活出自己的色彩，我也在思考。

　　原来认为自己一点点长大，以为领悟了一点生活的真谛，现在的我，只是接受每天自己的一点点进步，探索浩瀚的人生长河。人生就是一场修行，我一直在成长，在命运面前，坚持讨教。

成人礼

女儿十五了，女儿的成长，父母的嘱托。

按老家的习俗，女儿满十五虚岁，今年要"缀"（字与音可能不符），圆缀的方式就是烧香谢神、请客。传下来的规矩其实暗含着中华民族的美德——感恩。

女儿从一个眉眼模糊的小小肉团出脱成一个十四岁的大姑娘，确实我们的心中充满感恩，感恩上苍的厚爱让女儿有一个健康的身体、健全的心智；感谢关心着关爱过女儿成长的人，感谢直接间接对女儿产生过影响的友人、路人甚至不太友好的人。

作为父母，女儿的成长也伴随着我们的成长。

致女儿书

当你带着象征性的哭声来到这个世界，仅仅几小时你便嫣然一笑，遂取小名笑笑。

四个月大你开始吃鸡蛋，闲了玩捡豆子游戏，你的手指因这个让你消磨时间的无心锻炼现在很灵活。九个月大你因家太冷感冒无奈搬入新家，小姑一个人看不了只好断奶回到老家。至此我们开始了更坚决的奋斗，我们的家也从高平搬到晋城。那时每到累了，我就想放下孩子我们不带，图啥，不行我一定要努力干好。就这样你爸和我每天上班，休息了就骑着摩托带着大包小包的吃的回家看你。渐渐家里的家具换了一茬，家用电器也越增越多。你也带着渴望带着胆怯在虚岁五岁时开始了在凤鸣幼儿园的生活，我们的轴上得更紧，转得更快。不过因为我们在一起，你慢慢变得胆大起来，在幼儿园你和另一位小朋友走模特打头场竟然落落大方。

转眼上小学，你认识了人生路上一个对你影响最大的朋友——书，自此你开始了自我塑造的过程。在小学生活里，你很幸运地尝到了人生五味，这不是我们最想的，但命运垂青，你竟然过早地体会了挫折、体会了孤立、体会了自己努力争取机会的喜悦与艰辛，你坚信团队的力量，你努力抓住每一次机会。

在上学的路上看到一个耳残幼童，对比自己，你感恩上苍并满怀珍惜，我感动；在同学相处中，你会拒绝一些东西，哪怕孤独，我释怀，因为人生不总是认同；在与父母相处中，你会调停我们之间的矛盾，真是一个开心宝。尽管你的学习不进前十，尽管你有时心浮气躁，尽管……但你有宽广的胸怀、爱"大家"的爱心。因跆拳道对你的熏陶，你的意志力越来越坚强。你跟我讲挺住，挺住就意味着胜利。我们欣慰着和你一同成长。

记忆犹新的是你在小学三年级的一次调座位，跟我们讲了好几天我们都没跟老师讲，你悄悄跟我说："我想试一下自己跟老师讲。"放学回家的你眉飞色舞，你成了。你兴奋地描述上讲台后的感受，腿打颤说话哆嗦，但重要的是老师一口答应了。从此你有了独当一面的信心，你买了《演讲与口才》学习，你也有了独挡一面的能力。

升入初中，你一下进入了轨道，第一次考试你的排名竟然是前十。我们还沉浸在如听庄稼生长拔节的声音的境界听你的成长，你就长大了，开始面对严峻的升学，今年暑假过后就要进入初三了。面对你的人生你有自己的思考与选择，也有了更多的压力。作为父母我们送你什么？想想最想送的是父母的嘱托。

在你以后的人生中，风雨与彩虹还会同在，风雨过后是彩虹仅仅是对于坚持不懈的人而言。坚强的意志、与人为善的处事态度，是你应继续保持的美德。正如你所言，大爱是什么？是对人们的爱。人生一世你能留下什么？留下的是爱，是你为人们做的贡献，是你给予人的温暖。所以无论你以后从事什么行业，最好常问自己：你努力这样做了吗？

人生是一次旅行，应该学会每天宽恕。每天宽恕就是一天中谁伤害了你，你伤害了谁，一定要宽恕别人、自己，意即放下。宽恕别人你会没有厌恨轻松上路；宽恕自己你会去随缘补救过失、会心无旁骛专心向前，过轻松的人生。

在旅途中，学会坚持、坚忍，如同你在跆拳道的心得。在你得意时，你别忘了你要的是什么。不要因为一时的开心，你忘了你要的人生，继而迷航，再要带回，你需要有人引领，需要你重新启程。所以每天问一下自己：我要什么？不知道若干年后，你是否会成为一名医生；不知道在你人生的选择中，你会不会改变你的理想，但目前它是，那么我们就坚持，努力实现。在你失意时，你也别忘了你要的是什么。一时的失意，是老天给你的考验，你要确信风景就在不远处，甩甩你欲滴的泪努力前行，能隐忍者成大器，风景就在那个拐角处。在你现阶段的学习生活中，你或许会不时地感觉到压力、感觉到挫败，相信自己，你会笑到最后，坚持就是你的法宝。

　　人生是不能重复的旅行，遇事三思而后行，但也不要过于谨慎，那样你将失去太多的精彩。智而能行，慧而周详。拥有知识，多读一些古文化、优秀的作品，你就学会取舍，过得潇洒。"三人行，必有我师焉"这句话应该伴你一生，无论在学习中、社会中，总有过于你的人，那么不妨拿出你的"吸星大法"，取其长补己短，假以时日，你会成"师"。不管原来他们是多么优秀，你总有长出他们的地方。在爸妈心中，你永远是那个唯一。所以在以后的人生中，不管是快乐还是悲伤，永远有我们和你共享、分担。家是你永远的港湾。正是因为唯一，在你成长过程中我们会对你有要求，就像对一棵小树，我们会以我们认为健康和美的观点去细心地修剪。所以当我们可能说得不对、做得不好的时候，多多谅解，虽然爸妈有时也不想认输。在我们快乐的一家里，爸妈希望你开朗、阳光、健康地成长，热爱人生，博爱众生。

爸妈
2010 年正月

感　悟

草言物语

一叶障目

今天路过花池，看到一只小蚂蚁从一片叶子上爬行出来，一路乐颠颠地前行。好巧不巧在它前方右上角有一片叶子支楞在灌木上，这片叶子像一片天空、像一个罩子，小蚂蚁依然不减速地前行，却一直在绿叶的势力范围，阳光在斜上方缝隙中穿过……

此情此景，令我想到了我们人类，这是否像我们工作中、生活中一片绿叶的遮挡，某一段时间我们认为它就是天空，一叶障目。小蚂蚁会很快从绿叶下爬出，而我们人，如果障目了，心里的绿叶一直存在，什么时候能够从绿叶下爬出，感受阳光的洗礼，或是固执地认为它就是天空？

我们看蚂蚁，是否就像上帝在看我们。空间不一样，格局不一样，自然有不一样的视角。

飞花接木

晚上在小区里散步，一朵花落在摆在树前的盆栽里，一眼望去，盆栽枝叶完整，贵气袭人。因贪恋花的美丽，擅取花一朵，

感
悟

75

不想原来竟是一残枝，如此美丽只是花的成全而已。花也不像是人为刻意放上的，倒像飘落于此。藤蔓与落枝上的花相映成趣，组成一簇。大脑里飞出四个字：飞花接木。

谁在成就着谁，谁又是下一个遇见的主角，在枝与花的各自的前半生，毫无交集，是际遇让它们互相结合、成就，给了我们美的享受。

人生旅途中，我们和谁的谁，又在哪个街口邂逅，等待一场相识成就？如果是这样，何不谦卑，来迎接生命中成就你的人。

秘　密

家外树枝上又出了新芽，又一轮回的小花要与我们见面了。从露出新枝，到开花，到花谢，再到冬天光秃秃的树干，一个冬天过去，又一遍的重复，直到又待花期。

这个植物精灵，能存活多久，花期能开多长，受什么影响？阳光？温度？湿度？气候？可能北方更短一些，南方稍长一点，但终究花会凋谢，迎来一冬的蛰伏。

家里的绿植，树叶上有白白的一片，绿绿的树叶上像蒙了一层雾，一问是树病了，树叶被疾病折磨得不再生机盎然，寻医问诊，对症下药，几天后绿植又开始容光焕发。而有的花，养着养着就死了，再捯饬也不能直立在土中。

植物应该也有自己的世界吧，一岁一枯荣，是否这就是它们生命延续的方式，看到大自然百木的枯荣，看到花仙子盛放又凋零的一生，看到草木的病痛……感叹大自然的神奇、物种的神奇。

而我们作为存在于宇宙的一个物种，人类一直在探索人的生老病死，努力去延长寿命。我们只活在我们的世界里，而它们的枯荣之间又有多少秘密和生命的暗语在涌动。

晨　思

　　夜宿杭州一古镇，江南水乡边，安静而闲适。早晨天刚亮，我就去探访了晨起的古镇。

　　初醒的古镇，静静的水流、稀疏的背影或来往三两人的晨练，我的脚步声踩在石板上透出寂静的回声，店铺老板支起幌子打扫灶台开始一天的营业，或忙乱或有序的身影跳动在灶台旁。

　　古镇的苏醒，像极了动画片里的万物苏醒，节奏缓慢，水流也如同静止了一样。随着我从北街走到南街，说话声、做早点的各种声音才一点点喧哗起来，古镇醒了。

　　在这静静的流年时光，古镇缓慢地苏醒着，听着我脚板在地上踩出怦然心动的声响，感受着灵魂的悸动。我想到女儿如果来杭州，也一定喜欢这里的静谧吧，女儿对江南风情的喜好更甚。

　　想到女儿，她独立又努力，她会惦记着你，为你着想，心里蓦然涌起一份感恩，感恩岁月静好，感恩女儿和我此生相遇，做一世的家人。她的善良，她的乖巧，她的学识，她努力向上的精神，她澄明的爱，还有很多……很幸运，我们做母女。

感
悟

77

在做母女的尘世，我感动并学习着。她的世界与我的世界虽然疏离，但仍然处处交集，交集中迸发的火花，很多时候都会点燃一个创新的火苗，点燃一室温馨。有时我们意见不同，只是尽力影响而不去生硬改变对方。如果真的错了，我们都会以爱的真挚去追回。

神思被咿呀的唱戏声打断，不觉到了石桥上。想起过往自己思维的局限、行为及意识形态的限制等诸多种种，在静谧的大自然中，在与自己灵魂对话的叩问中，我检点着自己，有不够豁达处，有不够耐心处，有知识贫乏处……有一点非常肯定，我要做一个配得上她的好母亲，要学习做一个良师益友般的好朋友，我要让自己更宽容，要让自己更优雅，要让自己有个爱好，要让自己对事业更认真，要让自己有一个更好的外在与内在。我伸手向着河水握拳：加油，母亲。

随着古镇的苏醒，我也回到了酒店。

静静的古镇，流动的情缘。

幸福的味道

小时候，一个红红的小野果（花红）拿在手中，吸吮着酸酸的汤汁，吸溜吸溜，儿时的我觉得是幸福的味道，多年以后也曾经买过来更多的花红吃，也只是酸酸的味道。

上学了，一次测试，我竟然名列前茅，走到老师桌旁，骄傲地拿起卷子，我幸福得脸都红了，心里塞得满满的成就感，意气风发。

结婚、生子，我惬意地抱着孩子，走在回娘家的路上，天蓝地阔，幸福像太阳，照得人暖暖的，我的心满足得像化了一样。

过春节，一家人欢欢喜喜坐在一起，吃着瓜子看着电视，女儿耍着宝……幸福感总是在不经意间悄然而至，也许就在那一个个包得秀气的饺子里，也许是那喷香的瓜子味。

回家看到母亲，母亲乐颠颠地和我说着高兴的事，看着父亲不说话喜滋滋地听着，我感觉我好幸福。有他们，我还是娇娇女，有他们，我就是孩子。

换季时，过节时，我兴冲冲地为家人置办衣物，纵然跑了很多趟，看到他们满足的笑脸，我都会觉得很幸福，能为他们付出且负担得起不应该感恩并幸福吗？

感悟

冬日，当我从厨房端着汤给爱人送去时，他正弓着腰低头在剥皮吃红薯，穿着格子睡衣的他偶尔抬头看着电视，在客厅温暖的光里，岁月静好，像个剪影，温馨朴实。这一幕一下打湿了我的眼眶，夫妻两人能相濡以沫，即使平淡，我也很幸福。我知道，这是我想要的生活和想要的幸福。

一日夏季的中午，天热得像密密的筛子透不过气来，吃完饭后更是大汗淋漓。此时爱人伸过后背，托张纸巾，"来，给我擦擦背"。当白皙健壮的后背像堵墙伸在坐在沙发上的我的面前，我拿着纸巾吸他背上的汗珠时，莫名的幸福感击中了我，温柔了我的眉角。我在心里悄悄地对上帝说，就这样简单的小事，这样的时光，我满足且幸福，希望长点再长点。

当父母相继过世，总是不经意地忆起我们相处的时光。这时我总是把甜甜的幸福在记忆里扫描，备份再备份，一遍遍重放，幸福有了回忆的味道。

人生不止，前行不止，不同的年龄，不一样的心境，幸福的味道也就有了不同。

感悟生命

　　学生时代，我们四姐妹两个燕子、两个芳相处甚好。高一后半期，其中一燕得病了，骨癌，确诊后医生建议锯掉一条腿。从通知家人到手术完，坚强的她，爱跳舞的她，像一个折翼的天使，看到空洞洞的裤腿，没掉一滴泪，后续一次次的治疗，就像她对病魔发起的一次次冲锋。终究，她像一朵水灵含苞怒放的鲜花渐次枯萎，直至香消玉陨。十几岁的我，少年不知愁滋味的年龄，面对朋友的离世，看到对命运不屈抗争的直播，才深深感知生命的可贵。

　　奶奶离世，自幼随奶奶长大的我们个个心绪难平，眼前不断闪现奶奶梳着小发髻、穿着整洁的衣物立在屋门前的情景，闪现奶奶爷爷和我坐在大门洞里乘凉聊天的情景，闪现奶奶踮着小脚给二哥送东西的情景，闪现奶奶给炒的南瓜子晾在青石板上的情景……不断的想象，撕扯的心痛让我久久走不出来，没了就是没了，直到认清这个道理，不禁感慨亲人一世的缘分，珍惜亲人这一世的缘分，才不会有遗憾，他们走了不带走一片云彩，我的生命里残存着他们留给我的温暖，流淌着一脉相承的血液，还有他们让我敬佩的为人处世的风骨。也许这就是生

感
悟

命的延续。

　　婆婆在就医二十多个月后离开了，家里没了女主人，老公兄妹也没了妈，少了一个疼他们的女人，对家事从不承担的我一下体会到了担子落下来的感觉，作为女儿们的娘家、老公的爱人，我希望自己努力做好，往他们的生命里照进一丝暖阳，以填补心的缺口，给他们一个和谐的家，来一场爱的接力。

　　母亲走了，辛苦一生的母亲患食道癌离世；出殡十几天后，父亲追随母亲一路西去，虽在预料之中，但却仍然难以释怀。老房子里再也没有爸妈的味道，我也再不是那个被他们护在手心里的宝，离开的父亲也再不需要我护着、照顾着。直到此刻，我才深刻体会，人生已无来处，只剩归期的悲凉。

　　一日深夜，拿着有刻度的尺子，我陷入了深思，尺子丈量物体的尺寸，我的人生何尝不是在丈量。于每个人而言，生命是未知的变数，于上帝而言，生命有它固有的长度，每个人只是在走完自己的旅程，而无论在路上的我们是眼含星辰还是茫然无畏，总会走向那个终点。

　　人生有限，归期未知，他们留给我们的幽然兰香，在我们身体里植入的形神作为，是生命的延续、爱的接力。而我只有珍惜生命，在可丈量的人生里灿烂地怒放，才是以正确的态度走向归期。

　　人生就像一列火车……

告　别

又见母亲

病

母亲不好，极其不好，浑身已浮肿，每天吃啥吐啥，偶尔不吐，我就倍感欣慰。睡觉也不能躺着，上不来气，每天靠趴着小憩完成休息大业，休息对母亲来说实在是个难题，每天晚上睡觉，母亲就一遍一遍看表，数着时间往天亮熬。

母亲病重，我在家已是第三天，素来母亲喜欢聊天，但这一次却连聊天的力气也没有，只是在不停地咳嗽、喘气、呕吐，然后趴着睡觉，想到上几次回来，母亲虽然难受，但我多做几顿饭还能吃点，母亲让我享受着我的存在感，虽然母亲也高兴，但我可能更甚。这一次，我像个守护的门人（指看门的或服务的人）在这，无能为力，只是按自己的想法弄点吃的，吃了又吐。

母亲身上，已经没有多余的肉，并且还缩小了几个度，"骨瘦如柴"在被病痛折磨的躯体上，我想这个形容都略显苍白。

每天钟表都成了她看得最多的，一小时、半小时、整点。只是为了保存能量吃饭、睡觉，等待死亡。很苦，很无助。

这边的爸，身上也已只有骨架撑着几两肉晃荡，每天起来

告别

85

坐在轮椅上打瞌睡，人都认不清，对母亲的痛苦自然也没有多大感觉。

两人一左一右，家里弥漫着病的气息，母亲说你爸也是在熬时候，母亲不说，她也是在熬。我违心地说，也许熬过去呢。愿望是一定要有的，这也是人活下去、受苦煎熬的动力。

病于人，改变了其面貌，打击了其精神，挫伤了其组织，难以承受又不得不承受。

病于亲人，惊—愁—拼—悔—再拼—陪伴—释然。我们最后希望其解脱。

对病，想想，防患于未然，来临了微笑面对，努力抗争，和它共行，说不定会收获一抹安宁；如果真的抗争不过，也即释然，命该如此，我能奈何！

2017.12.4 于米山

夜

今天是在家的第一个晚上，2 点 53 分我就醒了。睡意全无。在陪我妈住的两三天里，妈妈这个时候都在地上来回走动或者趴着睡觉，我也在这个时候会醒来看看母亲，是难受还是好受，然后再睡觉。

今天却怎么也睡不着，想母亲是不是又难受得在咳嗽，或者又在捶背，是比昨天轻点还是重点。我翻来覆去睡不着。

夜，原来如此漫长，睡不着觉的母亲原来也是这样熬，感同身受。我还只是睡不着，而母亲是难受得睡不着。我百无聊赖，翻手机，看新闻，想事情。身边的爱人鼾声依旧让我感到安详，睡不着……

夜，漫长黑暗，又无趣。母亲，从年轻时候开始，一直以来都不太能睡好觉，母亲，你该独享了多少漫长无趣的夜。

夜漫长。

又见母亲

又见母亲，母亲无力地趴在被子上，连支撑都不想。瘦弱的母亲不再费劲地说话，只是用手写，歪歪扭扭的笔迹已看不出昔日的风采，但是那种想倾诉、嘱托的心情跃然纸上。我强忍着不让泪流下，不想让母亲看到伤心的我。

我近来话越来越少，甚至不知道说什么，即使面对母亲，也仅是陪伴，默默地陪伴，觉得说什么都多余，当母亲写的死了以后不让我生气等等，我的泪还是按捺不住地从眼角滑落，止不住。我不伤心不可能，我会控制着自己，直到她上路，其实病了这么长时间，母亲已经让我们得到了缓冲，可能母亲很痛苦，但我们的心因母亲的痛苦（病程推进）却解开了不少，但是我仍然控制不住。母亲，我还想跟你去旅游呢。

我们各自整理小情绪，不让对方难过，母亲又睡过去了，可能这就是所谓的风烛残年，母亲就像行将熄灭的蜡烛，随风忽明忽暗，兀自摇摆。

告
别

告别母亲

母亲不在了，带着善念，躺在二哥怀里，安然去世。

通知一下，各路人马齐聚家里，像孩子出生一样，全新上路，擦身子、穿衣服、穿鞋子。母亲像睡了一样，静静地躺着，在母亲身边，我更多是祥和的感觉。

母亲，我有幸陪你最后一程。

下午，母亲入棺。再看见母亲，像睡熟了，我留意每一个与母亲相关的信息，是否盖好被，是否放东西，我没哭仅是难过。我想，妈生我时，她为我张罗，她去时，我为她张罗，这才是我要做的事情。

出殡日子定下来了，这更像孩子的满月酒，宴请亲朋，我们期待着这个日子，让母亲风风光光出殡。筹划、准备，等待这个日子的来临。亲朋好友的花圈，母亲学校的花圈，母亲学生的花圈，母亲同伴的花圈……送到灵棚下，母亲是否看到；当样板戏唱起，母亲是否听到。这曾是你喜爱的，这一日，是爱的送别。这一日是我们能为你做的。生前大事，你为我们张罗；身后大事，我们为你张罗。但这是我们三个人的、三个家庭的母亲，我们只能综合各方意见为你做。母亲，我们做得还不够好，天上有灵请见谅。

看着来来往往的人，我想替母亲说一句，谢谢捧场。我也想说，感谢各位送我妈最后一程，感谢办事做饭的干活的各位，辛苦。

母亲业已仙去，我想母亲如果有灵，定会度化众生。

母亲不在了，心空的那一块久久不能愈合。无论干什么，或者不干什么，孤独、留恋久萦于怀。常想起小时候，想起父母年轻的时候，想起我们在一起的各个瞬间，如他们还在，多好。

知道岁月无情，人有生老病死。但生活了四十多年有他们陪伴的日子，有事打打电话的习惯，回回娘家的习惯，一切戛然而止。

有那么多的无可奈何，有那么多的忍耐，老公那天读一篇文章，有句话让我久思，"有勇气过自己想要的生活"。我终于稍稍安顿下来，带孩子，照顾家人，终于可以有自己的时间和生活，你却走了，我想要的生活里有你们啊。

虽然我也尽力去照顾，虽然我也努力为他们创造哪怕几天的温暖，但我给他们的太少。一次坐车，司机分享着和父母旅游的趣事，我内疚地想，我失落地想，没有机会了，此生与他们再无交集。我想要过的生活什么样，我得仔细想想。人生不能重来，还有什么比你过的生活重要。

别人的眼光、亲人的误解通通都是浮云，我要交付自己什么样的命运，我需仔细斟酌：未来的我，你要怎样？

关于父母，我想还是少些想念，让他们安好吧，不要因为我的想念牵动他们爱我的神经。

我的思念无处安放

今生缘尽，阴阳两隔

年少芳华，谁与争锋

待到花衰，我尽何责

花落于地，覆水难收

怀想身前，已入渺渺

哀思于怀，凭栏何寄

尘世亲友，只此一生

追思哀叹，再无归期

唯愿至亲，隔世安好

母亲病了。

我在北京住院检查期间，一个个电话打回去，母亲皆报平安，我却心里隐隐不安，打电话给侄女，侄女回：小年我们回了，没事。

凌晨，一阵电话铃声终于打破了宁静，母亲彻夜呕吐后等到五点多把电话打给了我，我马上打电话告诉老公，开始找人找车安排住院，这边又和大哥商量住院的决定，和二哥商量开车过矿务局医院，小姨家孩子则开车接大哥他们到医院会合。

一队人马到了矿务局医院，在排除掉心脏病隐患后母亲迅速地入院出院，重新回到家等待过年。当我年三十赶回家，再见母亲，恍如隔世，母亲已不是那个当家主事、风风火火的妈，那么瘦弱并且拘谨地坐在大哥家的床上。父亲坐在凳子上，也沉默着。母亲看到我来舒心地笑着，我和母亲说好，等初八上了班，咱们去晋城系统检查一下。那时母亲还若无其事地和我聊天，看我的新鞋；我还是个有妈的孩子，撒着娇。其实母亲瘦得那么明显，也吃不下饭，我心里暗暗着急也没办法。

回婆家过年，走亲戚，待一切喧嚣散去，初九，我们把母亲接到晋城开始检查。因熟人的关系，入院不到一小时，初步确诊食道癌，来不及伤感，又陪妈穿梭在各个检查室，确诊以及术前检查。正月十八，我们与家人商量后，来北京给母亲手术，母亲一辈子没跑过什么大地方，还是多年前我趁工作之便带母亲来过，再到北京，有城有街，母亲却已无力去丈量，只是坐在宾馆，从窗口看街上来往的人潮。

做完手术出院后，我母亲在我家住着，那段时间同吃同住，我拥有了一段幸福时光。在两次复查后，确定肿瘤转移，于是开始在当地人民医院放疗，当母亲穿着从北京买来的宽腿裤和大栅栏买的小褂走在大街上，我欣慰又心酸，欣慰的是母亲还可以美一美，心酸的是不知有多少日子可以共享。

后来，父亲在家大嫂照看不了，父亲也被送到养老院，母亲坚强地抵抗着放疗带来的不适反应穿梭在家、医院、养老院之间。忙碌的节奏麻木着我们的神经，我们不像面对癌症转移患者的家庭，只是按部就班地生活着。

在这期间，我和二哥一起帮助母亲整修老房子，当房子装好，母亲快乐得像个地主。其实，不过三四间房子而已，找上院邻陪母亲，我也隔三差五回来小住，这段日子太美好，搁在我的记忆里。看着母亲、父亲分隔两地，我和母亲托人找护工，找了好几个都不合适，最后是初中我最好的朋友的叔叔来帮忙。当把父亲接到家，安顿好，心里才多少好过点，风烛残年的父母能有多少时日享受这温暖与舒适，在这也非常感谢我的朋友的帮忙才有了他们的安逸。

母亲的病又重了，我又在北京，当听到嘶哑的声音从电话线的那头传到这头，温暖的关切，无奈的语调，我心酸，想喉咙好点我们再通话，不想一次比一次糟糕，直到听不见声音，电话里只有喘气呼气，不知道说啥。就这样，手术几天后我回了母亲家看母亲。晚上到家，母亲愣了似地看着我，又掩不住欣喜，母亲脸浮肿着，身体萎缩得像一把青菜，甚至无力多聊。临走，母亲向我爱人大喊：芳儿交给你了。

从来不擅表达的母亲嘱托着女婿也交付着爱。回到家我休整了两天，又回到母亲家，晚上陪在母亲身边心里踏实也睡得很好。半夜母亲依然是睡不着，叔叔会过来按摩按摩，我也起来帮着捶捶。待了几天，娘俩说说话，给母亲输上白蛋白，浮肿慢慢下去了，我也回家准备到北京继续治疗。

临走的前一天，我心神不宁。第二天一早我和老公又到了母亲家，看到母亲日渐衰弱，我难过又伤心，母亲一遍遍写："我死了你不用生气，我不想看见你难受，也不想让你看见我难受，你走吧！"我不知道这次分别会否是永别，纵有多少吃的、穿的也再不需要，心底有个声音：妈，我想多陪你一会，母亲，我舍不得您。我克制着自己不哭，但眼泪却像断线的珍珠噼里啪啦。在母亲地催促下，我离开了家，像离开故土一样。

再相见，是被通知母亲昏死过去了一次，我和老公立马收拾行李奔向老家。母亲的眼光已涣散，我一进门，就问：你又回来了，你快走吧！我说，不走了。忙抚着母亲，念着心存善念，她的神识已在路上，我希望母亲忘掉不愉快，忘掉烦恼，忘掉疼痛，心存善念，轻装前行。

入夜，我和二哥轮替，我看前半夜，母亲还是坐着睡，我起来挪支着的被子挪了几次也没挪好，母亲则用力地握着手撑着腿瞌睡，中间喝了两次水。四点钟我叫二哥出来给母亲挪挪，二哥调整着母亲的姿势，怎么也调不顺，索性二哥抱着母亲，母亲沉沉地睡着了。就这样到了五点多，我们再也叫不应母亲，这才开始通知大哥大嫂。六点多给母亲擦身子、穿衣，我心里充满着一种神圣感，像母亲给我们穿新衣、过满月。穿好后，母亲静静地躺在那，二哥开始报丧，虽然捂上脸了，但我感觉到母亲还在身边。

母亲是个教师，口碑很好，送行的人不少，有学生、有同事、有玩伴，母亲也算风光入葬。

办完事再一次到北京，九天时间，父亲又病了，许是没有了精神支柱，出殡完母亲十一天后，父亲也离开了我们。

我独自开着车奔回老家，路上心里一直在说服自己，父亲病已多日，骨瘦如柴，每天熬着日子奔向死亡，这样走了也好，不受罪了，解脱了吧！可是我怎么就没有给他留一包好吃的呀。想起老公的安慰，总有遗憾吧！心才稍静了下来。当我走到静悄悄的院内，父亲已安静地躺在那里，不争不抢，一如生前。我们能做的，是送父亲最后一程。

二哥尽自己所能筹划着丧事，出殡前晚，移材出去，那灿烂的烟花盛放在天空，像极了多年前父亲春节时给我们放的烟

告别

93

火。军乐队，走场戏，飞舞的乐队送走了父亲，我们与父母、与家也真正地告别了。

热闹的人群还未散去，我和女儿就踏上了返程火车，放下女儿，周一返程北京。与上一次送走母亲回来略有不同，地铁、宾馆恢复了原样，不再是那么灰、那么陌生，好像走在另一个空间，看沿途熟悉又陌生的路。这一次看到暖暖的尘世，想到我们已阴阳两隔，再没了对他们的牵挂，也没了牵挂我的父母。

晚上独自在宾馆中，白天走在街道上，想着不到一年的时间，送走了两位老人，从来都不曾想我们会以这种方式告别，也没有想过会如此节奏快，快得把悲伤都尘封了。外人面前的我，独立、冷静，外人面前的我在任何场合适应着各种角色。其实绵长的思念、无尽的哀思久萦于怀，母亲轻盈、干练的身躯犹在眼前，父亲憨憨坐着的样子似在面前。我知道，我与你们已阴阳两隔，我知道我们今生缘止于此，虽然清楚但只是不知道怎么来安放这思念。虽然，终将你们也会像爷爷奶奶一样渐渐远去，只留回忆在我们心中，终将这种疼痛的想念会慢慢淡去，但此时此刻，我的思念不能自已，我不知道汹涌的怀念往哪安放，只能安放在笔端，落于纸上。想念时，它便动情写下，父母安好！

告别独白

告别独白

世事无常，我不能预知，但如告别可以预演，那么留存一份计划稿做我的告别独白。

当我走完人生旅程的那一刻，我爱着的人和爱我的人，请安宁地送我一程，不要悲哀，我只是走完了我该走的旅程，祈祷我带着善念前行吧！

送行的人里有我娘家的亲人，我们拥有许多回忆：和爷爷奶奶的四世同堂的温馨快乐，和父母的天伦之乐，少年的兄妹情深，以及和众亲友的温情陪伴。此间种种，像书一页页地翻过，翻到最后一页，不变的是我与你们的血脉相连，和希望你们人生顺意的心念。

因为爱人我拥有了一个大家庭，一个让我和爱人想发扬光大、去创造和谐兴盛的大家庭，这也是我们的事业之一。虽然我们没有血缘联接，但我们就是一家人，可以家里"批斗"、家外团结的一家人，可以闹着打着笑着"没有规矩"的一家人。二十岁以后的人生，一直有你们的参与，因为你们，我也有了各种称谓。我是李家人，希望李家繁荣昌盛。

　　我的爱人，茫茫人海，我一定是带着前世记忆才在二十岁准确无误锁定了你，那么小还没有担过生活的重担，就想与你牵手去经历人生的风雨与彩虹，一定是鸡飞狗跳。每次伤心我都会想，今生是为还你的爱而来，有丰富社会经验的你，白纸一般人生的我，冲突也在所难免。

　　我们在一起这段旅程，多过和父母的时光，我也从一个心思单纯、惶恐不安的小女孩蜕变成了双目宁静、波澜不惊的妇女，经历了你青年的急躁、中年人的儒雅甚或老年的豁达，经历了我们人生中的高峰和低谷，经历了我们的爱恨纠葛，终成正果。自始至终，我仍是那个踏云而来、守护我们婚姻的人，从未改变，曾经我试着自己漠然，试着接受着普通人无爱相伴的婚姻，我就不会那么在意，不会心痛，甚至躺在床上辗转反侧，但我仍然忘不了少时对自己的许诺，要你幸福。

　　归去的我，不可预知是去与你相见还是你送我。如果你送我时尚有意识，给我带束花吧，一定是你带的。如果是我去与你相见，不知是否还留有前世记忆，再一次按图索骥地寻找还是抹掉今生，给我一个爱我的人，这不受我掌控，今世的温暖与陪伴，已足够。如果你还在，丢掉的是我们的岁月，留下的一定是你对我无休无止的爱，带着这份爱去爱家人，去爱女儿，去爱帮助你、照顾你的人吧。如果我是奔你而去，带着爱恋而走，留下是回忆，是我们经营这个大家庭的成果，是李家兴盛发达的一家。女儿，这个时候，世上不只是留下你，还有父母在天上看着你，与你相伴。

　　在我身后，我的遗体希望捐赠出来，孩子是搞医的，也是一场付出吧，但更多的是也许我的眼睛还能留在世上看着你们，我的心还能在世上继续关注着你们，不得而知，随缘吧，也随你们。

我的女儿，你从小到大一直都是我们的骄傲。你学习成绩并不太好，但你努力不懈，坚持不止；你的缺点毛病也不少，像所有人一样，但你努力修正自己，三省吾身；你经历了低谷与苦难，但你仍然保有灿烂的笑容，你是我们的骄傲。

未来的日子，母亲早早休息去了，你的身上流淌着我的血液，写着你的人生，珍爱自己，就像爱母亲一样，感恩一世的母女，收获了你那么多的爱。

也许还有残存的友人能来送我，我走了，愿你们安好！也许还有邻里亲朋来送我，祝你们幸福。也许你们已经老了，走不动了，远远地告你们一声，今生别了。

如果有来生，那回眸一笑的陌生人、和你点头擦肩而过的旅人或许就是我，再或者我们不复相见。

见与不见，都是由一个始点走向终点，带着各自的宿命，今生我们一起走，参与过你们的人生，我很满足。

你要幸福

孩子，你要幸福。

父母不会陪伴你一生，只会在某个时间点做你最亲近的旅人，对于我们，你以为不懂你的世界，对于人生，我们以为比你见多识广，但或许只是以为。

十八岁以前，我们用笔和对你的挚爱留下了你的成长日记。十八岁以后，你带着十八年的修为锤炼的稚嫩功力书写着你的多彩人生。看到你的进步与乐于助人，我欣赏且欣慰。看到你的尖锐、固执，我又无能为力。你的人生需要你亲历，我们无从替代，只能参与却不能干涉。这一点上，你的父母也在修行，沉住气，带着爱。因为我们知道你爱人、善良、正直，主流不错，细枝末节部分，终会在人生的长河中由岁月为你补刀、将你雕琢，你会愈加成熟。只是希望你对自己宽容一点，对命运洒脱一点，有自己的梦想去追，不管外界给你什么样的环境和条件。

每日三省吾身，无论你是否成家，始终记住你是独立存在宇宙中的你，有自转才有公转。任何时候都不要忘了，你是你自己，你不自转就不会发光，也不要把自己绷得太累，张弛有度，你的生活、工作、交友自有安排，这也是女人自身与家庭保持美且安全的距离。在你的成长过程中，父母不是你的模板，因为在父母的成长中已经嵌入一些不好的东西，要换掉，需要时间和勇气。所以包容，也许是最好的相处模式，但如果父母做得离经叛逆，一定用爱的名义追回，我们也会努力做好表率，做更好的自己。让我们一起打造一个充满正能量的温馨的大家庭。

对生命，要有敬畏心，身体发肤受之于父母，感叹造物主的神奇，经过千万个精子卵子的竞争，你才健康地来到了这个世界，所以，感恩且珍惜，有生命才有一切。

人生际遇，是个奇妙的东西，因缘际会，我们只需做最好的自己，要有平常心。金庸小说《射雕英雄传》中，郭靖和杨康谁更有机会，毋庸置疑，当然是杨康，那为什么郭靖比他的成就大还抱得美人归，仅是际遇吗？我想不过是他的品质感动了际遇、打动了人生。你的爱心、你的同理心、你的仁心从来不缺。所以做最好的自己，静看花开，要有心宁度，你才会幸福。

当然，现在的年龄，要你笑看繁花落叶，也是空谈。最起码你要知道任何事物都有好坏两面，祸福相依，把握好度，往好的方面努力，把变化当成机会，处处都是好的机会。如果遇到问题，看到事情讨论争辩过于思量后再做定论，你会错过许多花开花落的契机。接受命运，你才能改变命运，怀有一颗平常心，你会收获一份安宁、一份幸福。

很幸运，"书"成为你的良师益友，伴你成长，教你正直，教你善良，教会了你感恩与爱。交朋友，也像读书，看本质，至于脾气、兴趣可以包容。上帝造人各有不同，不要苛求别人变成一样的自己。以己要求别人岂不是违背了造物主的一番深意？志同道合讲的是志、道，另外还有人品、气度。如果一个

告别独白

人独处更充实也不失为一种好的选择。"吸星大法"让你从小修习，汲其精华、丰富自己、相互成就，这样你才会拥有一份从容与淡定。

对爱情婚姻，要心存感恩，并相携相持，选择伴侣，肯定是三观一致最好。如果有不一致的细节，同修共改，人生本就是一场修行。在共同的目标下，兴家旺夫，你要经营好自己，让自己更完美，更知性、贤惠、善良。黄小琥唱的《伴》，第一次听那句"我想我还是会把手让你紧握，快乐地陪你去坎坷"一下打动了我。最好的爱情或婚姻大抵如此吧！共荣辱、共进退。但如果你觉得不适也不用委屈自己，家永远是你的港湾。

有了爱人，要感恩公婆，感恩他们给了你一个疼你的老公，感恩他们含辛茹苦的付出，即使他们有不好的东西让你不舒服，也像包容你的父母一样包容他们。如果有幸，爱人有个姐妹，感恩命运的厚赠，让你们的家庭生活中有一个最纯良的守候，即使偶有隔阂，也是一份亲情。

岁月匆匆，父母终得离开，与你共处的岁月弥加珍贵，以上种种，只为一句，"你要幸福"。

写给女儿的信

——孩子，你不知道

2018 年 1 月 15 日

　　孩子，你不知道，当你遇到挫折时，我们着急的锥心之痛，当回家时，看到你安然无恙地站在我们面前，我们就当什么都没发生，毕竟你要经历的成长无人替代，这或许是上天给你的一个历练。

　　你不知道，当我们看到你身上的缺点、毛病时，特别想引导你、告知你，但我们知道你有一颗要强又敏感的心。其实，这颗要强又敏感的心，经过岁月的洗礼终将成熟而豁达，这是每一个青年的必经之路，不要自责，向前看。

　　你不知道，当我们夸赞别人的孩子时，并没有贬低你的意思，我们夸赞别人是对别人正能量做法的一个正确回馈。而你于我们，唯一而独特，平安健康是我们最大的心愿，照顾好自己是我们一贯的要求。

　　我们努力工作、生活，是想给你一个保障，可以自如选择的保障，也是为了给自己一个精彩的人生。所以，坦然接受父母的爱，那是我们幸福的原点。

你不知道，我们知道你报喜不报忧，瘦弱的身躯下，藏着个坚强的灵魂，散发着责任的光芒，对家，对自己，对团队。但是有问题共同面对，这才是我们与你正确的打开方式。也许你不会常用，但也不要忘了，家是你避风的港湾。

在面对压力时，紧绷的神经对身体有害，你要学会释放和安慰自己，这是一种能力。当你心怀善意、心胸宽广、善待别人时，你的笑像圣女，发着光，脚踏祥云而来。

你不知道我们知道你在努力改变着自己，你越来越宁静祥和的表情，是岁月对你的褒奖；你不知道我们知道你像我们爱你一样爱着我们，但各自的人生精彩，我们只能参与，不能干涉。

其实，也许你都知道。

后记一

夜，沉浸在黑暗包裹的时光里，我与灵魂对话，打开记忆的闸，以前种种前尘往事飘摇而久远。儿时的我、我的家人还有我的遇见，当写完这本书，他们也像水墨画封存在我的心底。我带着对未来的期望，带着对人生只如初见的热情，继续潇洒前行，去开启一个新时代。

看着一个个生命的离去，目睹一次次别离，不可预知的生命旅程，何不留下与世告别的独白。如果有一个虚拟保险柜，能预存自己的告别留言那该多好。也许不久的将来，我们可以拥有个人信息保密、死后能开启的留言信息。如果有幸这本书你能读到，恰巧你可以开通，我愿做忠实的拥护者、志愿者，来守护每个人的告别留言，未来的我们不仅留下物质遗产、精神遗产，也能留下生不便言的嘱托。

我经历了改革开放，见识过分田到户时家人的喜悦和对地的珍惜，领略过家人的坚守、国家的奋斗。在我周围的亲人历经"文革"，浅尝开放的果实，也受到形形色色电影的启蒙，没有多少文化的他们看着电影中的打斗、义气、排场，树立自己的人生观、价值观。没多少见识的村人，看到率先富起来的

告别独白

那拨人甚至不问出处，小山包围的城里人一味地追求着孩子的学习成绩，博取教育的高回报率，这是进步国家快速崛起的必然乱象，这也是改革红利带来的负作用。但中华民族传统文化源远流长，在岁月的长河中仍然散发着别样的风采。

在这本书里，我的感悟、家的味道还有家传下的《传家必读》仍然在默默地诉说优良的传统文化。

后记二

关于爷爷奶奶，其实想说的很多。在我的记忆里有很多片断，但随着他们越走越远，留在记忆深处的更多是我们在一起的陪伴。

小时候的我，头发软黄，粘在头上，皮肤黑黑的，走在街上，好多人都会嘀咕我是爸妈抱来的。没有大哥、二哥的潇洒、英俊，也没有他们的灵劲，不吭气的我什么都在心里念叨。

早自习上学时，我会拿上奶奶早备在炕边上的红薯或馒头干揣到兜里，以备饿了吃。和门口的小伙伴相跟到学校各自分散。在学校这个小社会里，我也属于不会混的，毕竟长得不漂亮，嘴也不甜，更不泼辣地说粗话，有时竟然自卑得有些懦弱。

夏日，我总是会拉肚子，请了假守在茅厕旁，爷爷奶奶陪着我坐在大门洞的青石板上聊天解闷，或者奶奶分配爷爷给我揉肚子。

有时，上着课我就请假找上课的妈去了，举着胳膊看着一条红线一点点往上再往上，据说红线窜到心脏人就死了。这时，我就会被拉着去找老街上的婆婆，用针挑挑，红线退下去，我才会被带回来。

晚上回家，饭还没熟，我坐在炕上等奶奶做饭，等着等着，温暖的炕上总是躺着个熟睡的我，均匀的呼吸伴着饭菜的香味，留在记忆里，闲适而满足。

爸爸拿回好多鸡蛋，晚上给我们做的汤面里一人放一颗荷包蛋，到我了，爸爸多给放了一颗，我高兴地跑边上吃去了。没想到，晚上折腾得吐了一夜，自此，不再愿意吃鸡蛋。

第二天妈就开始叨叨，真不行呀，不过比起小时候很好了，一百天里滚到地上，"啊"了一声，再听不见声音，等干完活，乖乖地在地下不知道躺了多久。怎么是这个闺女？奶奶一直担心我是实结呢（方言：傻子）。

想想也是，确实笨，上幼儿园玩个游戏就能把门牙摔折了，就因为这我就像小尾巴一样跟在母亲身后提前开始了小学生涯。上课数学老师讲题，最好的刘老师却教不出我这个高徒；到家扫个地，也总是扬尘，不会按住扫。妈总是拿指头戳着我的脑袋，"没样"。这时奶奶总是护着我，说我们闺女长大就不是干活的，不干活的命。唠叨多了，我免疫了，大家都免疫了。不指望我有多大出息，好好的就行。

我的童年因此肆意而快乐，做作业成了业余，偶尔写的时间长，心就会不舒服得难受，停下功课去玩会，回来再写。但我充满对书的向往和渴望，闲暇时间书成了我最忠实的朋友。

初中考高中，没考上，再次补习，我却遇到了人生中开导我的人，祁老师和冯老师。他们开启了我对生活和学习的认识、对人格和思想的树立，打开了人生多彩绚丽的一扇窗。那时的我庆幸，其实不知道上帝什么时候发糖。

这之前，我就是一只丑小鸭，笨笨地努力地飞翔，没有方向，没有结果。爸妈上班忙，爷爷奶奶陪伴着笨拙的我，放养着我。